「お前を愛することはない」が
皇帝陛下が、
傷心令嬢に言いま
「惚れた。全力
愛していいか？」
ジェサミン・ゼーン・ヴァルブランド
24歳 195cm
ヴァルブランド帝国の皇帝。
冷徹皇帝との噂だが、
その実態は…！？
ロレイン・コンプトン
18歳 157cm
マクリーシュ王国の筆頭公爵の令嬢。
婚約破棄されたのち
ヴァルブランド帝国の後宮に向かう。
真面目で大人しいが、芯が強い。

エライアス・マクリーシュ
18歳 185cm
マクリーシュ王国の王太子。夢見がちで現実を見ない。小さい頃から自由な恋愛に憧れていた。
サラ・メリデュー
18歳 160cm
マクリーシュ王国の男爵令嬢。ロレインから、王太子の婚約者の座を奪い取る。

「お前を愛することはない」が口癖の
皇帝陛下が、
傷心令嬢に言いました
「惚れた。全力でお前を
愛していいか？」
参谷しのぶ
SantaniShinobu
Illustration マトリ
Matori

Contents

プロローグ

小国の公爵令嬢、帝国の後宮入りを決意する

「お父様……やっぱり行かなければなりませんか？」

「行かねばなるまい。なんといっても我が国の王太子からの招待だ」

そう言ってウェスリー・コンプトン公爵は、娘のロレインに招待状を渡した。封筒は光沢のある最高級の紙で、金箔《きんぱく》の文字が躍っている。

封を開けなくても、ロレインには手紙の内容がわかっていた。マクリーシュ王国王太子エライアスと、メリデュー男爵の娘サラの結婚式の招待状だ。

「私との婚約を破棄した人と、私から婚約者を奪った人。そんな人たちの結婚式に出席するなんて、できっこないわ」

「できる。筆頭公爵の娘ならば、できなければならない」

ウェスリーはいかにも公爵然とした態度で、ぴしゃりと言う。

「確かにエライアス殿下のなさりようは馬鹿げている。一〇年も王太子妃教育に励み、なんの落ち度もなかったお前との婚約を破棄した上に、結婚式にまで呼びつけるとは。この私の娘を、そこまで残酷に扱うとは……到底許せることではない」

額に青筋を立てる父を見て、ロレインの喉に熱いものがこみ上げてきた。

この一〇年、公爵令嬢であるロレインが考えてきたのは立派な王太子妃になることばかり。

しかし、男爵令嬢のサラに引きずり下ろされた。彼女は最高に愛らしい笑みと、天真爛《らん》漫《まん》な性格で、あっという間にエライアスを虜《とりこ》にしたのだ。

国王と王妃は盛大に頭を抱えたが、エライアスは『自由恋愛』に憧れる貴族の若者たちを味方につけた。コンプトン公爵家の隆盛を快く思わない重臣たちが、サラを擁護した。

「お前が王宮で再び笑いものになることを、私だって望んでいない」

目に怒りをたぎらせるウェスリーを、ロレインは注意深く見つめた。行きたくないという理由だけで、王太子からの招待を断ることはできない。

「エライアス殿下も、もうすぐ王太子妃になるサラも、お前を馬鹿にしきっている。大義名分がなければ、こちらが欠席できないことを知っているんだ」

ウェスリーが深く息を吸った。

「そこでだ、ロレイン。お前をヴァルブランド帝国にやろうと思うのだが。結婚式に行かずに済ますには、これしか手がない」

「ヴァルブランド帝国……。粗野で獰猛《どうもう》で残忍だという噂《うわさ》の若き皇帝、ジェサミン様の……?」

「そうだ」

「女嫌いで、後宮に献上される美姫たちを『お前を愛することはない』のひと言で、ことごとく追い返しているという……？」

「そうだ。そこまで知っているのなら話は早い」

ウェスリーが大きくうなずいた。

「ジェサミン陛下が妻を娶《めと》ろうとしないので、ヴァルブランド帝国の重臣たちはほとほと困っているらしい。それで、このマクリーシュのような小国の令嬢にも後宮入りを打診してきた」

「けれどジェサミン陛下の悪評が広まって、貴族たちが適齢期の娘を差し出す可能性は少ない……」

ロレインは息を吐き、胸に手を当てた。

「ヴァルブランド帝国まで行ったところで、歓迎は期待できないのですから。『お前を愛することはない』のひと言で送り返される。のこのこ出向いた令嬢にとっては恥ずかしく、悲惨としか言いようのない結果に終わる」

「そうだ。それでも――」

「エライアスとサラの結婚式に出ずに済みますね」

ロレインの心の中で、希望に似た感覚が広がり始めた。

ヴァルブランド帝国へは、往復で一か月半ほどかかる。

超大国の皇帝に、小国の公爵令嬢がすぐに謁見できるはずがないから、二か月以上はマクリーシュ王国を離れていられるだろう。その間にエライアスとサラの結婚式は終わる。

「どうだロレイン。この父が考えた解決策は」

「まぶしいほどに鮮やかな解決策です、お父様。ジェサミン陛下から一顧だにされないくらい、どうということはありません。エライアスとサラの結婚式に出るのは、それ以上に虫唾《むしず》が走ることですから。死んだ方がマシと思うくらい」

「それならば、早速荷造りに取りかかりなさい」

「はい」

ウェスリーの執務室を出て、ロレインは笑顔のまま自室へ向かった。侍女にトランクを引っ張り出してもらい、ドレスや手回り品を厳選していく。

ほんの半年前にエライアスから言われた『お前との婚約を破棄する』に比べれば、ジェサミンの『お前を愛することはない』など少しも怖くない。

ちょっとプライドは傷つくかもしれないが、ロレインだってジェサミンを愛するつもりはないのだから。

第一章　公爵令嬢、運命が激変する

マクリーシュの王都ルセルの港には、大小さまざまな船が停泊していた。

光輝く海面の上空を白い鳥が舞っている。船から下りた人や船を待つ人で混雑する波止場を、ロレインは軽やかな足取りで歩いた。

「王家がお前のために帆装軍艦を出してくれるわけがないからな。我が家の商船で行けるところまで行って、あとは陸路を使うしかない。陸でいくら急いでも、海を突っ切った方が早いのだが」

「十分ですわお父様。今回に限っては、時間がかかる方がありがたいのですし」

ウェスリーに向かってうなずいてから、ロレインはコンプトン公爵家の商船を見上げた。

「しょせんマクリーシュは弱小国。どこの国にも属さない公海でしか進めませんもの。王家の船も、我が家の船も大して変わりはありませんわ」

「多くの属国を持ち、その領海を自由に行き来できるヴァルブランド帝国の船なら、およそ半分の日程で往復できるだろうがな」

「一度は乗ってみたいものですが。『お前を愛することはない』と言われて追い返される予定なので、永遠に無理でしょうね」

ロレインの言葉に、ウェスリーが穏やかな笑顔を浮かべる。彼は大きく手を広げ、娘を優しく抱きしめた。

「行ってこい、ロレイン」

「はい、行ってきますお父様。二か月経ったら帰ってきますから」

甲板へと続くタラップを上ろうとした、次の瞬間だった。

「ロレイン！」

声の主の方へ、ロレインは嫌々振り向いた。王太子エライアスが、爽やかとしか言いようのない笑みを浮かべて立っていた。彼の右半身には、男爵令嬢サラがべったりまとわりついている。

「父上から聞いたよ、ヴァルブランドの後宮入りを志願したんだって？」

エライアスの笑みが、あざけるようなものに変わった。

「残念だわあ、私たちの結婚式に参列してもらいたかったのに。それにしても、プライドの高いロレインさんが志願するだなんてびっくり！　だって、追い返されるために行くようなものでしょう？」

無邪気さを装って、サラが嫌味たらしいことを言う。

「天使のような愛らしさと天性の華やかさを持つサラなら、あっという間に後宮の奥に隠されてしまうだろうけどね。もちろん、そんなことは僕が許さないが」

「やだもう、エライアスったらっ！」

エライアスから蕩《とろ》けるような甘い声で言われて、サラが恥ずかしそうに身をよじった。

「ウェディングドレスには、希少な宝石や世界で一番高価なシルクをふんだんに使ったの。ロレインさんにも見てもらいたかったわ。国を挙げての結婚式に招待されないなんて、いい気持ちがしないでしょう？　だから気を遣って招待状を送ったのに……」

サラがぷうっと頬を膨らませた。ころころと表情の変わる『新しい婚約者』を、エライアスは愛《いと》おしそうに見つめている。

「ま、とにかく頑張っておくれよ。一応は我が国の代表なのだし、皇帝陛下に粗相のないようにね。戻ってきたら、すぐに王宮まで報告に来てくれ」

「なんて言われたのか、一言一句たがわずに教えてね？　結婚式を欠席する無礼は、それで許してあげる。私たちの門出を元婚約者から祝ってもらえないなんて、本当にサイテーなんだから。ロレインさんにはスピーチをしてもらう予定だったのよ！」

最低なのはロレインの気分だ。サラのあまりの馬鹿さ加減に頭が痛くなってきた。

「ああ、かわいそうなサラ。君の希望はすべて叶《かな》えてやりたかったんだが。ヴァルブランド帝国の後宮に入るなんて不名誉な真似《まね》は、我が国ではロレインにしかできないだろう？だって、不名誉に慣れてるからね」

「本当にロレインさんは強いわ。自分から進んで、まぎれもない侮辱を受けに行くなんて」

エライアスとサラを口汚く罵りたい気持ちを、ロレインは必死で呑《の》み込んだ。二人の頭に煉瓦《れんが》をぶつけるところを想像して、何とかやり過ごす。

（わざわざ嫌味を言うために見送りに来るだなんて。よっぽど暇なのね）

元から公務が好きではないエライアスのお尻を叩《たた》くのは、いつもロレインの役目だった。サラとの結婚が決まってからは、簡単かつ華やかな公務以外はサボりまくっているらしい。

それでもマクリーシュにおいて、王家は絶大な権力を持っている。筆頭公爵であるウェスリーが、唇を噛《か》んで耐えているのはそのためだ。

「……王太子殿下、もう出航時間が過ぎておりますので」

ウェスリーが声を絞り出した。

「そうかい？　じゃあ、帰ろうかサラ」

「ええ。途中で新しい仕立て屋に寄ってもいーい？」

「もちろんだよ！」

エライアスとサラはぴったりと身を寄せ合ったまま王家の馬車に乗り込み、慌ただしく去っていった。

「スピーチをさせられるくらいなら『お前を愛することはない』の方が何倍もマシ……お父様、身を清めるために塩をまいてくださいます？」

お付きの者たちの気配も完全になくなったことを確認し、ロレインはぼそりとつぶやいた。

「ああ。ひと箱分、全部ぶちまけよう」

ウェスリーが荒い息を吐き出す。しかし塩は貴重品だ。ロレインは苦笑して、ちょっとだけ体に振りかけてもらった。

「これで嫌な気分を旅の道連れにしないで済むわ。じゃあ改めて、行ってきますお父様！」

ヴァルブランド帝国への道中、ロレインは自由を満喫した。

エライアスとサラを支持する紳士たちから非難されることもないし、令嬢たちのひそひそ話も聞こえてこない。

「婚約破棄で肩身の狭い思いをしたのは私だけで、エライアスは無罪放免。本当に不公平だわ」

ロレインは一〇年もよき王太子妃になるべく教育され、王妃に「あなたは私を超えた」と言わしめた。

エライアスからの婚約破棄に筋の通った理由があったのかとさんざん考えたが、ロレインの側に落ち度があったとは、どうしても思えなかった。

賢い貴族は王族には逆らわない。ロレインを庇《かば》って、面倒な状況に陥るのを避けたいと思うのは当然だろう。

「それでもサラが流した勝手な噂を、信じないでほしかったなあ……」

ロレインは高慢ちきだ。ぞっとするほど意地が悪い。私腹を肥やすことに夢中で、良心なんてこれっぽっちもない。贅沢《ぜいたく》病で、民衆の敵としか言いようのない女だ……。

常に社交界のゴシップに聞き耳を立てている貴族たちも、初耳だったことだろう。

しかしエライアスの後押しで噂は既成事実化され、ロレインの行動に問題があったことにされた。それ以来社交行事を楽しめなくなったので、こうして外出するのは久しぶりだ。

「たった二か月でも気晴らしができるなら万々歳。マクリーシュに戻ったら、領地に引きこもって生涯独身を貫こう」

ヴァルブランドは超大国で、皇帝であるジェサミンは世界中の令嬢たちの中から、好きなように相手を選べる立場だ。

対するマクリーシュは弱小国で、ロレインは王女ではなく公爵令嬢に過ぎない。ましてや一度婚約破棄をされた身、ジェサミンから手を出されるわけがない。

「妃たちと使用人が何百人も住むはずの後宮が空っぽなんて、ジェサミン様は本当に女嫌いなのね。それとも女性に対する理想が高すぎる……？」

馬車の窓を流れていく景色を眺めながら、ロレインはずっと独り言をつぶやいていた。

対面する席に座っている侍女頭は、身体を前後に揺らして居眠りをしている。

知らない土地を旅するのは、本当に気分がよかった。どこの宿屋に立ち寄っても『ヴァルブランド帝国の後宮に入るご令嬢』として丁重に扱ってもらえる。ロレインは一番上等な部屋をあてがわれ、各地域の郷土料理を楽しんだ。

マクリーシュ王国を出発して三週間近くが過ぎた頃、ロレインは無事に旅程を終え、最後の宿に落ち着いた。皇帝のいる宮殿のすぐ側《そば》まで来ているが、もう日が暮れているので、後宮入りは明日の予定なのだ。

「ねえ、ばあや。少し散歩をしてきてもいいかしら?」

ロレインが言うと、侍女頭であり乳母でもあるばあやが、心得たと言わんばかりに微笑《ほほえ》んだ。

「ヴァルブランドの帝都エバモアは世界一治安がいいという話ですし、問題ございませんでしょう。せっかく来たのですもの、とんぼ返りする前に少しでも思い出を作らないと。宿屋の主人の話では、今日の夜は祭りがあるそうですよ」

「お祭り? なんて素敵なんでしょう!」

ロレインは胸の前で両手を合わせた。自分が到着した日に大きなイベントがあるなんて、天の恵みとしか思えない。

偽名を使うこともなく、変装することもなく、素性を誰にも気づかれずに出歩ける。ロレインはわくわくしてきた。街歩き用に実用的なドレスに着替え、従僕をひとり連れて宿屋を出る。

少し先にある広場は、屋台やテントでいっぱいだった。

パンや麦芽飴《あめ》、串焼き肉や新鮮な貝を売る屋台、見世物小屋やダンスコンテスト、そのすべてにロレインは目を見張った。

「お嬢様、あっちの屋台は酒類を提供しています。騒がしいですし、危険かもしれません」

「そうね。じゃああっちの、ホットティーの屋台の方へ行きましょうか。ヴァルブランドの飲物には、独特のスパイスが使われているんですって」

従僕の言葉に、ロレインは方向転換をした。次の瞬間、長い前髪で顔を隠している大男に激突した。前髪の隙間から、鋭い視線が飛んでくる。

「申し訳ありません。私の不注意でぶつかってしまいました」

ロレインが頭を下げると、大男の恐ろしい雰囲気が少し和らいだ。

「いや、俺も前方不注意だった。怪我《けが》はないか？」

大男がぼそりと言う。

「大丈夫です。そちらこそお怪我はありませんか？」

ロレインは礼儀正しく答えた。

目の前の男性は外見も物腰も野性的だった。赤みがかった茶色い髪は獅子《しし》のたてがみのよう。筋肉をぴたりと包んだ白いシャツは薄汚れている。

たくましい脚にフィットする黒いスラックスと、すり減ってあちこち傷だらけのブーツ。長くて分厚い前髪のせいで顔立ちはわからないが、古代の戦士のような雰囲気がある。

ロレインは目をそらさなかった。相手が恐ろしげだからといって怯《おび》えるようでは、きちんとした謝罪はできない。

大男が腕組みをし、口元を笑みの形に歪《ゆが》めた。

「問題ない」

「それはよかったです」

「見たところ旅行者のようだが。もし俺が怪我をしたと言ったらどうした？」

いきなり問われて、ロレインは目をぱちくりさせた。大男はなぜだか、兎《うさぎ》を捕食する前の獅子のようなオーラを発している。

「確かに私は旅行者ですので、故郷とは勝手が違いますが。それでも、できる限り最善を尽くしたと思います。怪我人が必要とする医療の知識もありますし、被害者が受け取るのにふさわしい金額の慰謝料も用意できます。とはいえ、理不尽な要求には応じませんが」

ロレインはにっこり笑ってみせた。大男が「ふむ」と答える。そのとき、太腿《ふともも》の辺りに衝撃を感じた。

小さな子どもが、クリームたっぷりのパイごとぶつかってきたのだ。染みひとつなかったロレインのドレスは惨事に見舞われてしまった。

「ご、ごめんなさい……」

赤いワンピース姿の女の子の顔が凍りついている。

きっと、ロレインが上流階級の人間であることがわかったのだろう。弱小国マクリーシュの公爵令嬢とはいえ、手入れの行き届いたプラチナブロンドと神秘的なグリーンアイ、そして抜けるように白い肌の持ち主だから。

「気にしないで。こんなところで立ち止まっていた私が悪いのだし」

ロレインはしゃがみ込んで、女の子と目を合わせた。六歳くらいだろうか。頭を撫《な》でてやると、愛らしい顔に浮かんでいた恐怖が消えていく。

「ごめんね、パイが駄目になっちゃったね。よかったらお姉ちゃんが新しいのを買ってあげる。お母さんはどこ？　あっち？　じゃあ移動しようか。このままだと、また人にぶつかっちゃうから」

「うん！」

ロレインはもう一度女の子の頭を撫でて、それから立ち上がった。大男はまだその場にいた。

「私たち、あっちの屋台に移動しますね」

こんなときの別れの挨拶は、なんと言うべきなのだろう。ロレインが言葉を探していると、大男は無言で踵《きびす》を返し、挨拶代わりにひらひらと手を振った。

（大きくて威圧的で、男っぽいとしか言いようのない人だったなあ……）

翌朝、ロレインは予定通り後宮入りした。出迎えのために出てきたのは役人がひとりだけだった。

「初めまして。マクリーシュ王国のコンプトン公爵の娘、ロレインでございます。これからお世話になります、どうぞよろしくお願いします」

ロレインは丁寧にお辞儀をした。『しばらく』と『これから』で悩んだが、無難な方をチョイスした。

「ようこそおいでくださいました。私はティオン・シプリーです。後宮の管理をしております。とはいえもう何年も、管理すべき事柄がちょこっとしかないのですが」

ティオンは笑いながら頭を掻《か》いた。

袖幅の広い、上下がひと続きのゆったりした服を着ている。肩まである黒い巻き毛と、穏やかな灰色の瞳。明らかに男性なのだが、どことなく中性的な雰囲気がある。

「それにしてもお綺麗《きれい》な方ですねえ。私は感動しすぎて、うっとりしておりますよ」

間違いなくお世辞なので、ロレインは慎ましく微笑んだ。ばあやが整えてくれた髪も、施してくれた化粧も上品ではあるが、派手さはない。

「いやあ、実にお美しい。この後宮でそれなりの人数をお迎えしましたが、これほど美しく魅力的なご令嬢には会った覚えがありません」

ティオンは真剣な顔で言った。

「ああ、本当にもったいない……。いえいえ、こちらの話です」

慌てたように首を振り、ティオンが声を潜める。

「でもまあ……ロレイン様もご存じですよね。ジェサミン陛下の後宮に入って、残った者がただのひとりもいないことは」

小さくうなずいたロレインを見て、ティオンはやれやれと肩をすくめた。

「ロレイン様は魅力的でいらっしゃるし、ごく普通の男ならたちまちひれ伏すことでしょうが。ジェサミン陛下はどんな女性も手元に置こうとなさらないのです。私としては、一日でも早く後宮を仕切るお妃様を選んでいただきたいのですが」

ティオンはのんびりした口調でしゃべりながら、ロレインを後宮の中へといざなった。

「これらの小部屋は、身分の低い妃たちのためのものです。それから、個室を持たない愛《あい》妾《しょう》たちが眠る場所。こちらの浴場はヴァルブランド式と呼ばれています」

「どこもかしこも想像以上に広いのですね。先代の皇帝陛下のときは、何人くらいの女性が暮らしていらっしゃったのですか？」

「一〇〇人くらいでしたね。とはいえ、全員に先代のお手がついたわけではありません」

ティオンはさらりと答えた。

ジェサミンには腹違いの弟が三人いると聞いている。一〇〇人もの女性が暮らしていたことを考えれば、かなり少ないのではないだろうか。

「ロレイン様のお部屋はこちらです」

案内された部屋は、通りがかりに見たどの部屋よりも豪華だった。

白や桃色のモザイクタイルの壁と美しい天井画のある居間、天蓋付きのベッドが置かれた寝室。アーチ形の窓は庭に繋《つな》がっていて、花々の香りが漂ってくる。そして美しいタイルがふんだんに使われた、専用の浴場。

「こちらはジェサミン陛下の正妃となられるお方のために整えられたお部屋です。いまのところ、他に後宮入りしているお嬢様はいらっしゃいませんし。謁見の日時が決まるまで、ご自由にお使いくださいい」

「はい、ありがとうございます。あの……ティオンさん、後宮の外に出ることは禁止されていますか？」

「いいえ。ロレイン様はまだ、正式に後宮入りされたわけではありませんので。私にひと言声をかけていただければ、外出できますよ。その際は後宮の戦士が護衛につきますので、あらかじめご了承くださいね」

「戦士……」

ロレインは昨晩ぶつかった大男を思い出した。彼が後宮の戦士などという偶然があるだろうか？

「ヴァルブランド式の風呂をお使いになる際は、女官が手伝いにまいりますので。それでは、私はこれで」

ティオンが深々と頭《こうべ》を垂れ、それから歩み去っていった。

「さあばあや、荷ほどきをしましょうか。どうせ一週間から二週間の滞在だけれど、居心地よくしないとね」

「そうでございますね。その後はお着替えをして、探検をなさるのでしょう？」

ばあやが温かな口調で言った。ロレインは小さく笑い、急いで荷解きを始めた。

そうして二人掛かりで荷物を整理し終わったとき、ティオンの叫び声がした。

「ロ、ロレイン様あああああっ!!」

「どうしたんですか？」

いきなり部屋の扉が開いたので、ロレインは急いで顔を上げた。ティオンは背後に女官を二名従えている。

「皇帝陛下が……ジェサミン様が、三時間後にこちらにお渡りになります……っ！」

「お、お渡り？　謁見ではなく？」

「私ももう何がなんだか。こんなことは初めてです。と、とにかく急いで身支度を始めましょう。お前たちは、ロレイン様の入浴をお手伝いして」

「「はい！」」

二人の女官はすっかり頭が混乱しているらしい。彼女たちは右と左からロレインの腕を引っ張った。

「さあロレイン様、お召し物をすべて脱いでくださいっ！」

「それからこの布を体に巻いて、蒸し風呂に入っていただきます。汗を流して、体から不純物や毒素を取り除くのです」

「ラベンダー水で汗を流し、次に石鹸《せっけん》で体を洗います。ローズマリーの葉から抽出されたエキスで髪を洗い、卵でヘアパックをします」

「最後に、三種類の香油を使って全身マッサージです。一分一秒も無駄にはできません!」

「わ、わかりましたから、せめて同じ方向から引っ張って……っ!!」

専用の浴室に連れていかれ、ドレスをひん剝《む》かれた。ロレインは小さく抗議の声を上げたが、興奮しきった女官たちは聞く耳を持たない。

蒸し風呂で強制的に汗を出し、冷たい水を浴びた。温かい湯につかった後は、女官たちの手で体中を洗われた。羞恥心から何度も叫んだが、やはり無視された。

洗髪が終わり、マッサージに移行する頃には、ロレインは悟りの境地に達していた。せっかく最高級のバスグッズが揃《そろ》っているのだから、開き直って楽しむしかない。

「さあ、全身ピカピカになりましたよ。お肌が柔らかくなって、いい匂いがして、敏感になっているのがわかりますでしょう?」

「お部屋で休みながら、髪を乾かしましょうね」

居間に戻ると、見知らぬ女官がひとり増えていた。彼女はテーブルの上に冷たいハーブティーや果物を並べてくれた。

「こちらのハーブティーは、お風呂上がりの水分補給に最適です。リラックスしたせいで空腹を感じておられるかもしれませんが、陛下のお渡り前ですので。クエン酸が豊富な果物を、少量食べるだけにしておきましょう」

「はい……」

ロレインは言われるがまま、ハーブティーに手を伸ばした。

風呂係の女官たちは、ロレインの髪をあっという間に乾かしてくれた。タオルと紙を駆使していたが、どちらも抜群の吸水力があるらしい。

「あと一時間しかありません。ヘアセット、メイク、ドレスの着付け。ここからは怒濤《どとう》の勢いで行くわよ！」

「「はい！」」

ハーブティーの女官が言い、風呂係の二人が答える。どんどん高まっていく彼女たちの興奮に煽《あお》られて、頭がぼうっとしてきた。

「どうせ『お前を愛することはない』って言われるのに、ここまでする必要あるのかなあ……？」

ロレインの声は、誰にも拾ってもらえずに宙に溶けた。

そして、残りの時間は慌ただしく過ぎていった。

「さあ、これで完成です」

ハーブティーの女官――ベラという名前らしい――が最後の仕上げとして、ロレインに薄くて柔らかなガウンを羽織らせた。

白いガウンは向こうが透けて見えるほど薄い。その下に着ている紫色のドレスは袖幅が広く、襟ぐりは浅めだ。肩や腰回りには可愛《かわい》らしい飾り房がついている。

ヴァルブランド帝国の伝統的な衣装であることは疑いようがない。ロレインは困惑していた。

（追い返されるために来たのに、どうしてこんな大げさなことに……？）

きっと帝室の権威を示すことが目的なんだろう。わけがわからないながらも、ロレインはそう結論づけた。

「それではロレイン様、皇帝陛下をお迎えするための場所へ移動しましょうっ！」

ティオンが興奮した声で言う。ロレインは彼と、それから三人の女官たちに促されて歩き出した。

案内されたのは後宮内の『鐘の広場』というところで、ロレインはその豪華絢爛《けんらん》ぶりに仰天した。

壁にも天井にも、柱にもシャンデリアにも黄金がふんだんにあしらわれている。大きな噴水があり、光り輝く水の流れが目と耳を楽しませてくれた。

見事な彫刻を施した大きな扉の前に、二人の女官が控えていた。剣を携えているので、彼女たちが後宮の戦士なのかもしれない。

鐘の広間には大勢の使用人がいて、そのことにもロレインはぎょっとした。出迎えはティオンひとりだけだったのに、一体どこに隠れていたのだろう。

人だかりの中に、なぜか白衣姿の人たちが交じっていることに気づいて、ロレインは怖《おじ》気《け》づいた。

「あの、ティオンさん。あの方たちはお医者様か何かですか？　一体何が始まるのです？　私が予想していた場面とは大違いなのですが……」

「い、いやあ。不測の事態に備えて、とでも言いましょうか。どうかお気になさらず」

ティオンは曖昧な声を出し、口元を引きつらせた。

ロレインは不安な思いで周囲を見回した。広場は使用人たちの興奮した囁《ささや》き声で満ちている。

ふいに、扉の向こうから鐘の音が聞こえた。使用人たちのおしゃべりが一斉にやむ。

その場の空気が張り詰めるのがわかった。マクリーシュの王宮でもこれほど場が緊迫したことはない、とロレインは思った。

「皇帝陛下のおでましです！」

二人の女戦士が同時に言い、右と左から荘厳な扉を開く。

皇帝を初めて目にする瞬間に備えて、ロレインは気を引き締めた。意匠を凝らしたドアの隙間から、立て襟の長衣姿の男たちの一団が見える。

彼らの真ん中に、ひときわ背の高い男性がいた。頭と肩が抜きんでている。完全に扉が開き、男たちが前に進み出てきた。

中心にいる人物には独特の存在感があった。全員が白い長衣を身に着けているが、その人だけは金のガウンを重ね着している。色鮮やかな刺繍《ししゅう》が施された豪華なものだ。いやおうなく人目を引く、息を呑むほど端整な顔立ち。ゆったりした衣服でも、堂々たる骨格と筋肉質な体の持ち主であることがわかる。

琥珀《こはく》色の髪は獅子を彷彿《ほうふつ》させる。前髪は後ろに流されていて、やはり獅子を思わせる金色がかった茶色い瞳が目を引いた。

ロレインは畏敬の念に打たれた。彼は凄まじいオーラを放っていた。太陽が輝いているみたいだ。

他を圧倒する威圧感は太古の神のようであり、野生動物のようでもある。とにかく支配者らしい雰囲気を備えていた。

(これほど強烈なオーラを放つ人がこの世に存在するなんて……っ!)

鋭い光を放つ瞳が、まっすぐにこちらに向けられていることにロレインは気づいた。彼が身にまとう濃厚な王者の風格が、うねりとなって襲い掛かってくるようだ。

(こ、怖い! でも、ちゃんと見返さなくちゃ。怯えていると思われたらコンプトン公爵家の名誉に傷がつく……!!)

ロレインはまばたきもせずに皇帝の目を見返した。息が詰まりそうなほど張り詰めた時間が流れる。

そのとき、ロレインの背後で背筋の凍るような悲鳴が上がった。

「ひぃいいいいっ」

「ティオン様、ベラが気を失いました!」

「マイとリンもですっ!」

「くっ!　オーラ全開の陛下に耐えられなかったかっ!!」

ティオンの慌てたような声がする。

「え、何事?」

背後の騒ぎは大きくなるばかりで、ロレインは思わず振り返った。ティオンがベラを抱きかかえ、ぺちぺちと頬を叩いている。風呂の世話をしてくれた二人の女官も床に倒れていて、ぴくりとも動かなかった。

ロレインは考えるよりも先に走り出していた。

一番近くにいた風呂係の女性――マイもしくはリンという名前らしい――の傍らに膝をつき、そっと首に触れる。脈は規則正しく打っていた。

「よかった。頭にこぶもないし、出血もしていない。どこかの骨が折れているようにも見えないし……」

「大丈夫ですよ、ロレイン様。我々はこういったことに慣れておりますので。マイの意識はすぐに戻るでしょう」

ティオンが寄ってきて、すべて心得ていると言わんばかりにうなずいた。ぐったりと横たわっているマイを見て、ロレインは小さく息を吐いた。

「何が起こったのか教えてください。すべてを受け入れる覚悟で来ましたが、こんなことになるとは予想だにしませんでした。まさか、女官たちが一斉に倒れるなんて……」

ロレインは皇帝を見上げた。彼は無言でロレインを見下ろしていた。やはり、彼のオーラが熱波となって押し寄せてくるようだ。

皇帝の目はロレインに釘《くぎ》付けになっている。興味深げというか、意味深長なまなざしだ。

ロレインもじっと彼の目を見つめ返した。

こんなに長時間、男性と見つめ合ったことはない。獅子のような捕食者に狙われる兎の気分だ。

淑女としては怖がるべきだし、実際に怖くもあったが――違う感覚もあった。これは一体なんだろう?

「悪かった。俺の気持ちが高ぶれば高ぶるほど、こういったことが起こる」

風貌にふさわしい、深みのある男性的な声だった。申し訳なさそうな響きが混じっているものの、無条件に人を従わせることに慣れている声だ。

「言葉では上手《うま》く説明できんが、俺には奇妙な能力が備わっている。まなざしひとつで相手を圧倒することができる。わけがわからんと思うが、そういった力が存在するのだとしか言いようがない」

　ロレインは目をしばたたいた。

「特異体質でいらっしゃるのですか。陛下のオーラに当てられると、人によっては倒れてしまうのですね」

　皇帝の顔が、ほんの少し柔和になった。

「驚かんのか？」

「もちろん驚いてます。実際のところ、かなりの衝撃でした。でも私、必死で落ち着きを取り戻そうとしているときほど、なぜか冷静に見えてしまうタイプで。本当はいまだって、さっきは怖かったなあとか、ばあやを部屋に残してきてよかったなとか、頭の中がぐちゃぐちゃなんです」

　次の瞬間、お腹《なか》の底から響くような声で皇帝が笑った。

　ティオンがぽかんと口を開けた。ベラもマイもリンも意識が戻ったようだ。周囲が唖然《あぜん》としているのをまったく意に介さず、皇帝はしばらく笑い続けた。

「ああ、笑った笑った。改めて自己紹介をさせてもらおう。俺はヴァルブランド帝国の皇帝、ジェサミン・ゼーン・ヴァルブランドだ」

ジェサミンが身を屈《かが》めて、ロレインに手を差し出した。

「我が国へようこそ、コンプトン公爵令嬢ロレイン」

「光栄でございます、ジェサミン陛下。面会をお許しいただき、どうもありがとうございます」

この騒動が『謁見』なのか『お渡り』なのかよくわからず、ロレインは無難に『面会』という言い方をした。

ジェサミンの大きな手に、礼儀正しく手を重ねる。彼はロレインの手を柔らかく包み込み、優しく引っ張って立ち上がらせた。

次の瞬間、周囲から大歓声が上がった。

「陛下のオーラに圧倒されないばかりか、大笑いさせてしまうとは……！」

「ああ、偉大なる神様ありがとうございます！」

「よかった、本当によかった。あれほどオーラを隠すように言ったのにダダ漏れだったから、もう駄目かと……っ!!」

興奮した叫び声の中に、ティオンの声が混じっていた。

「え？　ええ？　これは一体、何事ですか？」

使用人たちの歓声はやみそうになかった。すっかり回復したらしい女官たちが、抱き合って喜んでいる。

わけがわからず、頭が混乱してしまう。そのときジェサミンの手に力がこもり、ロレインは硬い胸に抱き寄せられた。

「どうしてだと思う？」

ジェサミンの瞳が輝きを増している。黄金の瞳が、ロレインの目をじっと見た。

「俺の正妃が決まったからだ」

第二章 公爵令嬢、いきなり皇后になる

ジェサミンの温かい腕が背中に回され、ロレインの心臓は早鐘のように打った。

「ロレイン、お前は大したものだ。俺のオーラはぞっとするらしくてな。間近でこれに接した女は、必ず悲鳴を上げる。身をすくめて動けなくなるくらいなら良い方だ。大抵は恐怖に震え、気を失う」

ジェサミンが目を細めてロレインを見た。オーラの波はかなり弱くなっている。しかし彼の気持ちが浮き立っていることは明らかだった。

「お前は他の女のように怯えない。逃げない。俺が慣れ親しんでいる反応とは全く違う。怖がることなく俺の横に立てる正妃を見つける望みは、ないに等しいと思っていた」

「せい、ひ……」

「そうだ、正妃だ。ヴァルブランド帝国の皇后、俺と一生を共に過ごす女。それがお前だ」

ジェサミンの言葉は、ロレインに激しい衝撃をもたらした。気が遠くなりかけて深呼吸をする。

感情が顔に出にくいから、周囲からは冷静に見えていることだろう。でも内心では、必死にいつもの落ち着きを取り戻そうとしていた。

ジェサミンの右手が、ロレインの頰を撫でる。

「どうした、熱でも出ているように体が震えているぞ? もしかして寒いのか?」

「寒くは……ありません」

「それならばなぜ震えている?」

ジェサミンが少し身を屈め、ロレインの目を覗《のぞ》き込んでくる。

ロレインは自分の感情について問われることに、まったく慣れていなかった。エライアスは婚約中の一〇年間、ロレインにろくに注意を向けなかったから。

しかしジェサミンは、ロレインのどんな変化も見逃さないようだ。じっと見つめられて、ロレインの中の何かが揺らぐ。

(あ、わかった。これは夢だ)

望めばどんな令嬢でも手に入れられる権力者が、よりによって自分を正妃にしたがるだなんて、どう考えても現実のはずがない——ロレインはいくらか気が楽になった。

固く目をつぶる。目を開けたら夢から覚めているはずだと、ロレインは自分に言い聞かせた。

ごくりと唾を呑み込み、目を開く。

ジェサミンはロレインを見つめたままだった。こちらの答えを待っているような顔つきだ。

(夢じゃない……)

ロレインの舌は凍りついて、言葉を発することができない。

ジェサミンは深いため息をつくと、逃がさないとばかりに両手で強くロレインを抱き寄せた。

「なぜ泣く？　自分の幸運が信じられないというわけではなさそうだな」

確かに、ロレインの目はじわじわと熱くなっていた。溜《た》まった涙がこぼれそうなのは、ここに来た理由のためだ。

『お前を愛するつもりはない』と言われるはずだった。後宮を追い出されて、故郷へ帰れと言われるに違いないと思っていた。心の準備なんか、何ひとつしてこなかった。

「ご冗談……ですよね？　本気でおっしゃっているはずが……私は無力な小国の、ただの公爵令嬢に過ぎません」

ジェサミンの眉がつり上がった。

「俺は皇帝だ。誰よりも名誉を重んじる男だ。こんなことで冗談など言うと思うか？」

苛立《いらだ》ちに満ちた声だ。ロレインは体を固くした。

「だって国が、マクリーシュが……なんと言うかわかりません。国王様が……王太子様が、私の後宮入りを許すはずがないのです」

普通の国であれば、ロレインの使命が上首尾に終わって大喜びすることだろう。

しかしマクリーシュ王国はこういった事態を予想していないし、もちろん準備もしていない。出発の時点で、ロレインの身分がサラよりも上になる可能性にも気づいていなかった。

どんなに忘れたいと思っても、ロレインはエライアスから婚約破棄された身だ。そんな女がヴァルブランドの皇后という地位に上るなんて、絶対に許さないはずだ。

「マクリーシュがどうした。あんなちっぽけな国が、我が国に何かを要求できる立場にあると思うのか?」

ジェサミンがふんと鼻を鳴らした。

「俺はお前をどこにも行かせるつもりはない。俺の許可なく、ヴァルブランドから出ていかせはしない」

ジェサミンはロレインの肩に手をかけ、きっぱりと言った。

「ブラム!　すぐに触れを出し、俺が正妃を迎えたと周知させておけ」

「御意」

白い長衣姿の男性が一礼する。

「ケルグ、マクリーシュの王家について徹底的に調べろ。国王と王太子に、立場の違いを思い知らせてやる」

「仰せのままに」

違う男性が頭を下げた。

「さあ、妻よ。俺の心は、お前をもっとよく知りたいと騒いでいる。場所を移して、徹底的に語り合おうではないか」

そう言ってジェサミンは、ロレインを軽々と抱え上げた。

「え、あ、ええ……っ⁉」

怒濤の勢いで物事が進んでいく。ロレインの頭はもう、まともに働かなくなっていた。

（なぜ私は抱っこされているんだろう……？）

ジェサミンは圧倒されるほどの長身なので、ロレインの目線の高さもかなりのものになった。

紙吹雪が舞っている。いや、花びらだ。若い娘たち――ベラ、マイ、リンが籠を持ち、鐘の広場に花びらをまき散らしている。他の使用人たちは歓声を上げ、熱い抱擁を交わしたり楽器を鳴らしたりしている。

すべてが非現実的だった。

（冷静に、落ち着いて。一瞬にして人生が変わったなんてあり得ない。多分、単純な間違いがあったのよ。身上書が他の令嬢のものと入れ替わったとか……）

国王がサインをした身上書に、婚約破棄の一件が書かれていないとは思えない。傷物の令嬢であるロレインは、本国へ送り返されなければおかしいのだ。

「ケルグが情報を持ち帰るまで二週間はかかる。その間はゆっくりくつろげ。マクリーシュが四の五の言ってくるようなら、力ずくで黙らせる」

片道三週間もかけてヴァルブランド入りしたロレインにとって、往復二週間は夢のような速さだ。やはり国としての格やスケールの大きさが、マクリーシュとは段違いなのだ。

「ベラ！　お前がロレインの女官長だ。マイとリンは、ベラの補佐をせよ」

三人の女官たちが走り寄ってきて、深々と頭を下げた。

「ロレイン様の女官となれて光栄です。誠心誠意お仕えいたします」

「私たちはロレイン様に、敬意と賞賛の念を抱いております」

「ロレイン様は私たちの希望です」

ベラが口上を述べ、興奮したマイとリンの声があとに続いた。

「ティオン！　正妃の部屋は改装が必要だ。金に糸目をつけるな。ロレインの意思を最大限尊重せよ」

「は……はい？」

ロレインはぽかんとしてジェサミンを見つめた。

ばあやと一緒に荷解きをした正妃の部屋は優美で、室内装飾も見事だったのに。

「あそこはとても綺麗な部屋でした。変える必要があるとは思えません」

「いや、全部取り替えないといけない。最後に手を入れたのは五年前、俺が一九歳で帝位についたときだ。それほど最近ではない」

つまりジェサミンはいま二四歳ということだ。もちろん知っていたが、威圧的な雰囲気のためか実年齢よりも上に見える。ちなみにロレインは一八歳なので、彼とは六歳差ということになる。

「それに、何人もの女が一時利用している。ティオンがお前を案内したのと同じように。俺の正妃のためにすべてを新しくする必要がある」

どんどん話が突拍子もなくなっていく。目を白黒させるロレインを見て、ティオンが穏やかな笑みを浮かべた。

「ロレイン様。陛下は一度こうと決めると、よほどのことがない限り意志を曲げないお方です。せっかくですので最新の機能を最大限に取り入れて、素晴らしい居住空間を作り上げましょう」

ティオンの言葉に、ジェサミンが大きくうなずいた。

「改装案はよく吟味せねば。ロレイン、お前はしばらく宮殿に住むがいい。後宮と宮殿を自由に行き来できるのは正妃の特権だ。早速移動するとしよう」

とんでもないと言わんばかりに、ティオンが首を横に振る。

「お待ちください陛下。ロレイン様にはお支度が必要です。後宮の管理人として、いまのようなお姿で送り出すわけにはまいりません」

「確かにそうだな。すでに後宮の外では、多くの者たちが正妃決定を祝って集まっていることだろう。地味な服装では、彼らの高揚感に水を差す」

(こんなに派手なのに⁉)

ロレインは内心で悲鳴を上げた。

三人の女官の手で磨き上げられ、準備万端でこの場に挑んだはずだ。紫色のドレスも白いガウンも、目を見張るような美しさなのに。

ロレインが言葉を失っている間も、ジェサミンとティオンの会話は続く。

「いつか正妃様が決まる日のためにと、特別に作らせておいた金のガウンがございます」

「すぐに持ってこい」

「は!」

ティオンが飛ぶように走っていく。そして薄皮に包まれた何かを持って戻ってきた。

女官たちの手によって薄皮が広げられ、ガウンが取り出された。黄金色に輝く布地に銀の糸で刺繍が施され、真珠や小粒の水晶がちりばめられている。まさに豪華絢爛、目が潰れそうなほどのまばゆさだ。

「いい出来だ。金のガウンは正妃の証《あかし》。そして皇帝の証でもある。お揃いだな、ロレイン」

そう言いながら、ジェサミンはロレインを床に立たせた。すぐに女官たちが寄ってきて、かいがいしくガウンを取り換えてくれた。

「あ、ありがとうベラ。マイもリンも、ありがとう」

金のガウンは、夢のような輝きを燦然《さんぜん》と放っている。ロレインは内心で怯えながら、三人の女官にお礼を言った。彼女たちは嬉《うれ》しそうに微笑んだ。

「よし、行くぞ」

ジェサミンはもう一度ロレインを抱え上げ、扉に向かって歩いていった。意匠を凝らしたその扉は、後宮と宮殿を繋いでいるらしい。

ジェサミンの腹心の部下たち、ティオンと三人の女官が後をついてくる。抱っこされて廊下を進む間、ロレインの頭はずっとふわふわしていた。

また別の扉を抜けた。目の前に信じられないような眺めが広がる。

「おめでとうございます皇帝陛下、ついに正妃様がお決まりになったのですね！」

「なんてお綺麗な方なんだ、ロレイン様万歳！」

「お二人の末永いお幸せをお祈り申し上げますっ！」

宮殿側の人々がずらりと並んでいた。誰もが笑みを浮かべ、歓声を上げている。中には涙を流している人もいた。

「この令嬢、ロレイン・コンプトンが俺の正妃となった！　皆の者、今夜は盛大に祝うぞ！」

ジェサミンが高らかに宣言する。人々から「おお」というどよめきが上がる。

（こんなに温かく迎えられるなんて……）

マクリーシュの貴族たちから背を向けられたことを思い出して、ロレインは目頭が熱くなるのを感じた。

「ロレイン、お前はヴァルブランドに喜びをもたらした。まさに天からの贈り物だ」

ジェサミンが耳元で囁く。

(二週間後には国王様やエライアスから、取り上げられるに違いないけれど……)

それでもロレインは純粋な喜びを感じ、しばし感動に浸った。

「さて。皆が宴《うたげ》の準備をしている間に、俺たちは多少掘り下げた話をするとしよう」

ジェサミンはそう言って、ロレインを抱き上げたまま大理石の廊下を進んだ。

いくつもの部屋を通り抜けたが、どこも贅を尽くした室内装飾が施されている。王太子妃教育で一〇年通ったマクリーシュの王宮も、ヴァルブランドの宮殿に比べれば質素に思えてしまうほどだ。

やがてロレインは、居心地のよさそうな部屋に通された。

美術品のような絨毯《じゆうたん》は、かなり高価なものに違いない。壁一面がすべて窓で、可憐《かれん》な紫の花でぎっしり埋まった丘が見える。もう一方の壁は天井まである本棚だ。

大きな机の上には、何冊かの本が開いたままになっている。椅子の背もたれに衣服が無造作に引っ掛けられていた。どう見ても、来客用の部屋という感じではない。

「俺の部屋だ。ごく限られた者しかここに入ったことはない。ああ、お前たちはもう下がってよいぞ」

開け放たれた扉の向こうにいるティオンと三人の女官に、ジェサミンがぶっきらぼうに言った。

「え……」

ロレインは顔から血の気が引くのを感じた。そして、身震いした。ジェサミンの金色の瞳がロレインをとらえる。

「なぜ不安がる？　俺と二人きりになっても、なんの問題もないぞ」

問題大ありだ。一〇年間婚約者だったエライアスとも、付添人なしで会ったことがないのだ。

男の兄弟もいないし――母はロレインが幼い頃に亡くなった――ずっと父ひとり子ひとりの生活だったし、未来の王太子妃として厳しく教育されてきたから、普通の令嬢よりずっと男性に不慣れだ。

ロレインが頭を抱えそうになったとき、ジェサミンがきっぱりと言った。

「心配するな。俺は相手の意に反して、そういうことをするような男ではない。オーラのことがあるからな、女官を残しても面倒なことになるだけだ」

「は、はい」

ロレインは彼の言葉の意味を理解した。頬が熱くなる。顔は真っ赤になっていることだろう。

「それでは、私どもは近くの部屋に控えておりますので」

ティオンと女官たちが頭を下げる。ゆっくりと扉が閉まった。ジェサミンはロレインを絨毯の上に立たせた。

ジェサミンはああ言ってくれたものの、ついに二人きりだと思うと喉がからからに渇く。

「まあ座れ」

そう言ってジェサミンは絨毯の上のクッションを集め、ロレインの後ろに小さな山を作った。

「座った方が楽だぞ」

「はい……」

緊張のせいで思考力が低下している。ロレインはぎくしゃくとした動きで、クッションの山の前に座った。

ジェサミンは脇にある棚の前に立つと、グラスを手に持って戻ってきた。

「飲め。軽い酒だ」

グラスをロレインの手に持たせ、ジェサミンは真正面に座った。そして豪華な刺繍入りの大きなクッションを引き寄せ、くつろいだ姿勢になった。

恐る恐るひと口飲むと、柑橘《かんきつ》類を使った風味の良いお酒だった。蜂蜜と少しの香辛料が入っていて、とても美味《おい》しい。

「まずは聞かせてもらおうか。マクリーシュの王太子との婚約破棄について」

ロレインはみぞおちの辺りを鷲掴《わしづか》みにされた気がした。やはりジェサミンは知っているのだ。身上書が取り違えられたわけではなかった。

（お、落ち着いて。こういうときこそしっかりしなければ）

そう思うのに、なぜか打ちのめされたような気分だった。詳しく話せば、絶対に嫌われる。ロレインは体から力が抜けるのを感じた。

「勘違いするなよ。どんな小さな国の王室の問題でも、俺の耳に入らずに済むことはないんだ。阿呆《あほう》な王太子と野心家の男爵令嬢のことは知っている」

「え、あの……」

息詰まるような思いだったロレインは、思わず目を丸くした。

「お前の話を聞き、お前のことを理解しなければ、慰めることもできん」

ジェサミンがふんと鼻を鳴らす。

「誠意に欠ける人間に裏切られて傷心しておるのだろう。いまだに傷を引きずっていることは、その顔を見ればわかる。さあ、存分に吐き出すのだ！」

ジェサミンが両手を広げる。口調も態度も、絶対服従を求める傲慢な皇帝そのものだ。

それなのにロレインは、笑いをこらえるのに途方もない努力を要した。

（強引かと思えば妙に優しくて、なんだかちぐはぐな人……）

ロレインは微笑んだ。緊張が消えているのは、さっき飲んだお酒のせいかもしれない。

「真実はごく単純です。王太子様は私を愛する気が起きなかった。私が堅物で、真面目すぎ、退屈な女だったからです」

まぶたの裏に八歳の自分の姿が浮かんだ。降ってわいた王命、エライアスとの婚約話に怯えている、小柄な少女の姿が。

「私は筆頭公爵の娘ですが、母を失っています。身近に見本がないぶん、いかようにも教育できるだろうと、国王様と王妃様はお考えになったようです。ちょうどいいことに私とエライアスは同い年。勉強が苦手……あまり得意ではない彼を支えるという使命が、私に課されました」

ロレインはもうひと口お酒を飲んだ。心が軽くなって、体がぽかぽかしてくる。辛《つら》い記憶を掻き集めるのがさほど苦ではなくなった。

「エライアスが勉強をさぼっても、国王様と王妃様は叱責ひとつしません。彼がどこで何をしようが、悪いことをしたことにはならないのです。その分、私の勉強量が多くなって……すべて自分の務めと心得ておりましたが、もう二度と経験したくない辛い日々でした」

ロレインはまたグラスを傾けた。

「先生方はとても厳しく……私が泣いたり、逆にはしゃいだりすると叱られました。上辺だけでも冷静でいなければなりませんでした」

ロレインはとめどなくしゃべり続けた。アルコールが心地よさをもたらすせいだろうか?

「ずっと感情を抑えつけてきたせいで、思うままに振る舞うことができなくなってしまって。エライアスからは、人形のようで面白みがないと言われました。それでも表面上は婚約者として扱ってくれました。彼がサラに出会うまでは……」

ジェサミンは話に聞き入っている。ロレインはまたお酒を飲んだ。ああ、いい気分だ。

「一年前……私が一七歳になったばかりの頃、王宮で若い貴族を招いたお茶会が開かれて。サラはエライアスの前で派手に転んだんです。彼女はきょとんとした顔をして、次に大笑いし、ぺろりと舌を出しました」

酔っぱらうって、なんて気持ちがいいのかしら。そう思いながら、ロレインは言葉を続けた。

「サラは猫撫で声で足をくじいたと言って、自分からエライアスに手を差し出しました。あり得ないほど奔放なふるまいですが、エライアスは彼女の手を取ってお茶会が終わるまで放しませんでした」

サラの勝ち誇ったような顔が脳裏に浮かんだ。ロレインはさらにお酒を飲んだ。

「あの場でエライアスは、婚約者など存在しないかのように振る舞いました。サラは彼をからかい、冗談を言って笑わせました。ときには口をつんととがらせてふくれっ面をして、慌てさせたりもして……」

ロレインはふう、と大きな息を吐いた。

「王太子と男爵令嬢の、ロマンチックな恋物語の始まりです。サラはエライアスを虜にし、私はおよそ一年後にお払い箱になりました。王太子妃教育に夢中になるあまり、エライアスを放っておいた私が悪いのだそうです。彼からは、わずかな謝罪の言葉すらありませんでした」

「ふん。その男は最低だな」

ジェサミンが手を伸ばし、ロレインの肩を摑んだ。

「いまいましい。女の心をずたずたにした上に、己の背信を相手のせいにするとは。腹が立って仕方がないっ！」

ジェサミンが叫ぶ。次の瞬間、彼が発する怒りのオーラが部屋中を満たした。

ジェサミンは間違いなく激怒していた。かっと見開いた目に、内心の激情が表れている。彼のオーラはあまりにも強烈だった。

（烈火のごとく怒っていらっしゃる……っ！　気持ちが高ぶると、本当にオーラが鮮烈になるのね）

ジェサミンの目がぎらりと光った。オーラが真っすぐロレインに向かってくる。目をそらさずに、正面から受け止めた。

（なんて熱いんだろう。それにすごく綺麗。金色と琥珀色が混じって……）

ロレインの体の奥にある何かが揺さぶられた。

普通の女性なら怯えるのだろうが、ロレインは怖くなかった。むしろちょっと嬉しかった。

この途方もないオーラは、ロレインのために生まれてきたもの。ロレインの悲惨な境遇に、彼の心が反応したから生じたのだ。

そう思うと、肉食獣のような彼の風貌も可愛く見えてくる。

「私のために怒ってくださって、ありがとうございます」

ロレインは空になったグラスを放り出し、深い感謝を込めてジェサミンの体を抱きしめた。お礼の心を届ける方法が他に思いつかなかったのだ。もちろん酔っているからできたことで――多分、羞恥心は後から来るのだろう。

圧倒されるほど広くてたくましい胸だった。頬にジェサミンの筋肉の硬さと、その奥にある鼓動が伝わってくる。

「ぐ……っ」

ジェサミンが身をこわばらせ、息を震わせて何度も深呼吸をした。オーラの波が小さくなっていく。

それに伴い、さっきまで欠片《かけら》もなかった羞恥心がロレインの全身を駆け巡った。顔がかっと熱くなる。

「す、すみません。私ったら酔っぱらって……」

ロレインが我に返ってぱっと体を離すと、ジェサミンはにやりと笑った。

「気にするな。むしろ気分がいい!」

野性的で危険な雰囲気の笑みを浮かべながら、ジェサミンが自分の顎を撫でる。

「すまんな。普段は周囲を圧倒することがないよう、オーラを制御することができるんだが。お前のこととなると自制が利かない」

ロレインはさらに顔が熱くなるのを感じた。きっと耳たぶまで赤くなっていることだろう。

「えっと……私以外なら自由自在に制御できる……?　つまりわざとオーラを出して、令嬢たちを追い返していらっしゃったということですか?」

「妻になるかもしれない娘の前で、制御に力を使うのは無駄だろうが。閨《ねや》で自制が利くと思うのか?　夫婦の寝室は、素に戻れる空間でなければ困る」

まったく包み隠さないジェサミンの言葉を聞いて、ロレインの体に焼き焦がされるような衝撃が走った。羞恥のあまり手で頰を押さえる。

「しかしまあなんだな、マクリーシュの王太子がまともな判断力を持つ男でなくて助かったな。お前を手に入れられるなんて、なんという幸運だろう!」

ジェサミンが片方の口角を上げた。まさしくほくそ笑むという感じだった。

「お前は誠実で優しい。ヴァルブランドの皇后は、ただの飾り物ではだめなのだ。穏やかで冷静で思慮深く、国民のために動ける人間でなければ」

「ジェサミン様……買いかぶりすぎです。確かに同年代の他の令嬢たちよりは、厳しい教育を受けたかもしれませんが。今後、あるがままの私のことを知ったら……」

エライアスを完全に退屈させてしまった記憶が蘇《よみがえ》ってきて、息が詰まった。

（君と違って、サラは僕を楽しませてくれるんだ。ほら、彼女の豊かな表情をごらんよ。たまらなく魅力的だろ？）

胸を切り刻むエライアスの言葉を思い出したとき、ジェサミンが頭を後ろに傾けて大きく笑った。

「あるがままのロレインだと？　そんなものはもうわかっている！」

そう言ってジェサミンは自分の髪に手をやった。太くて長い指が、後ろに流された前髪を梳《す》く。次の瞬間、長くて分厚い前髪が彼の顔を覆い隠した。

「あ！」

ロレインは思わず叫んでいた。祭りで大男にぶつかったときの記憶が鮮やかに蘇ってくる。

（妥協を許さない強さを感じさせる口元はまったく同じなのに、気がつかなかった……）

あのときのジェサミンは薄汚れた白いシャツと黒いスラックス、傷だらけのブーツというでたちだった。いまの絢爛豪華な伝統衣装とはかけ離れている。

「祭りの日のお前の行動は、心を洗われるようだったぞ。知性も品格も、俺の正妃として申し分ない。お前が子どもに見せた思いやり、あれこそ俺が求めていた気質だ。俺と共にヴァルブランドを治めていく、立派な皇后になるだろう」

ジェサミンは垂れた前髪をまた後ろに流し、ふっと微笑んだ。

祭りの日から運命の歯車が力強く回っていたのかと思うと、ロレインは不思議な気分になった。

奇跡のような結びつきにじわじわと喜びが広がる。そして同時に、恐ろしくなった。

「ジェサミン様。私を本当に皇后にしようと考えてくださるのは嬉しいのですが……私の人生は、まだマクリーシュの手に握られているのです」

ロレインは震える声を吐き出した。

「まだ国王様に結婚許可を得ていませんし……申請したところで、却下されているのは目に見えています。自国から皇后が誕生するとなれば、たいがいの国にとっては朗報ですが。サラが泣いたり拗《す》ねたり、さんざん反対して大騒動になるでしょう」

「聡明《そうめい》なお前でも、我がヴァルブランド帝国に関しては知らんことが多いらしい」

ジェサミンが、なぜかひょいと肩をすくめた。

「いいかロレイン。後宮入りした女を受け入れるも追い返すも俺の自由。これはと思う女がいたら、俺が『妻だ』と公言するだけでよい。それだけで結婚が成立する。煩雑な手続きなど一切必要ない」

ジェサミンはにやりとした。

「誰がなんと言おうと、お前はもう完全に俺の妻なのだ。ヴァルブランドとマクリーシュでは国の格が違う。この国はこの国の法にしか従わない」

「え……」

ロレインの全身に驚きが走った。

「マクリーシュがあれこれ文句をつけたければ、つけさせればいい。俺は善人ではないからな、せいぜいけしかけてやろう。我が国と不必要に対立するようなら、面目を失うのは奴等《やつら》の方なのだ」

そう言って笑うジェサミンの目には、無慈悲なほどの冷たさが見て取れた。自信に満ちた、生まれながらの支配者の威厳がひしひしと伝わってくる。

「己の所業には我関せずという顔でお前に責任を転嫁する王太子など、マクリーシュの民にとっても害でしかない。多少は懲らしめて、無責任な振る舞いの責任を取らせる必要がある。お前にとってもいい気晴らしになるだろうし、一石二鳥だ」

「は、はい……」

ロレインは呆然《ぼうぜん》とつぶやいた。ジェサミンがこうと決めたら後には引かない性格であることは、もうわかっていた。

「もう少ししたら宴が始まる。ひと粒の涙も流す価値のない愚か者のことは忘れて、一晩中楽しむとしよう」

ジェサミンがそう言った次の瞬間、窓の向こうで金色の光が噴き上がった。いつの間にか薄暗くなっていた空に大きな花が開く。

「花火!?」

ロレインは思わず叫び、急いで窓辺に寄った。

「宴の準備が整った合図だ。もしや花火は初めてか？」

「はい。信じられないくらい綺麗……ひと晩中でも眺めていたい」

空を彩る赤や青や緑の花火を、ロレインはうっとりと見つめた。紫とピンクの花火が夜空に咲いたとき、ジェサミンが「ふむ」とつぶやいた。

「後日、正妃決定を祝う花火大会を開くとしよう。ケルグがマクリーシュから戻ってくるまで、いろいろと余興を用意してお前を楽しませねば。宮殿と後宮の者たちに、ロレインのためにできることを最優先に考えさせる」

「ええっと。そ、それは私を甘やかしすぎでは……」

マクリーシュの王宮での扱いとは対照的すぎて、頭がくらくらする。

「そんなものは甘やかしたうちに入らん！」

ジェサミンはきっぱり言うと、使用人を呼ぶためのベルの紐《ひも》をぐいと引っ張った。待機していたティオンと女官たちが、すぐにやってきた。

「ティオン、例の物を持ってこい」

「はい。すでにこちらにご用意しております」

ティオンは運び盆を目よりもやや高めの位置に持っている。彼がそのまま礼をしたので、盆の中身がロレインにも見えた。

思わずはっと息を呑む。運び盆の中には小型のクッションが置かれていて、その中央に大きな宝石が載っていた。明らかに最上級の品質のものだ。

「レッドダイヤモンドだ。これも見るのは初めてではないか？　希少すぎて、一般には出回らない宝石だ」

「は、はい。マクリーシュでは見たことがありません……」

「これは正妃のための指輪で、俺の母が身に着けていたものだ。母の死後は宝物庫にしまってあった。急いで引っ張り出したが、さすがにサイズ直しが間に合わなかったのだ。今夜はネックレスとして身に着けてもらう」

ジェサミンは運び盆から宝石を取り出した。指輪が傷つかないように、チェーンではなく革紐がついている。

「どれ、つけてやろう」

「ははは、は、はい」

畏れ多さと緊張と感動が心の中で渦を巻いて、声が震えてしまう。

ジェサミンはロレインを壁の鏡の前に立たせ、後ろからそっとネックレスをかけてくれた。

「よく似合うぞ」

鏡の中のジェサミンが晴れやかに笑う。

「あ、ありがとうございます。私には、ジェサミン様に贈るものが何もないのに……」

いろんな意味でずっしりと重い指輪を見ながら、ロレインは申し訳ない気持ちになった。

「何を言う。お前の存在自体が最高の贈り物ではないか!」

ジェサミンが頭を後ろに傾けて大笑いする。

「さあロレイン、宴を楽しむぞ。皆に盛大に祝ってもらうのだ。お前はそれだけの価値がある女だからな」

「は、はい」

マクリーシュの王宮では褒められることが少なかったから、反射的に謙遜したくなってしまう。でもジェサミンの心遣いを無下にしたくなくて、ぐっと言葉を呑み込んだ。

女官たちに髪と化粧を直してもらい、衣装の皺《しわ》も伸ばして、ロレインはジェサミンと一緒に宴の会場に向かった。

そこは広大な庭だった。房飾り付きの巨大なテントが立ち並び、数えきれないほどのテーブルと椅子が並べられている。木と木にロープが張られ、つり下げられた無数のランタンがまばゆい光を放っていた。

「お嬢様ぁっ!」

ばあやが駆け寄ってくるのが見えた。ロレインも駆け出した。

「ばあや、心配かけてごめんなさい！」

お互いにきつく抱きしめ合う。幼くして亡くなった母に代わり、ずっとロレインの身を案じてきたばあやは、大粒の涙を流していた。

「ばあや……長い時間ひとりにしてしまったけれど、大丈夫だった？」

「はい、はい。後宮の方が気を遣って、おしゃべりに付き合ってくださいました。退屈しないようにと、ヴァルブランドの踊りも見せてくださったんですよ」

「よかった……」

マクリーシュから連れてきた従僕や馬丁は、男性なので後宮には入れない。ばあやが寂しい思いをしていなかったことがわかって、ロレインの目にも涙が浮かんだ。

「お嬢様はヴァルブランドの皇后様になられたのですね。ばあやは、ばあやは嬉しゅうございます」

「私もまだ信じられないの。ばあや、ずっと心配かけてごめんなさい。あなたは私の母のようなものよ。これからたくさん孝行するわ」

「お嬢様、もったいないお言葉です……」

ばあやが体を震わせる。彼女が泣きやむまで、後ろに立っているジェサミンは何も言わずに待っていてくれた。

そして祝宴が始まった。

宮殿の使用人たちは、短時間で見事な仕事ぶりを発揮していた。立食式で、どのテーブルにも料理人が腕によりをかけた料理が並んでいる。

着飾った人々が笑いさざめきながら、グラスを手に歩き回っていた。ロレインとジェサミンのところへは入れ代わり立ち代わり人が訪れて、儀礼的ではない挨拶をしてくれた。

女性たちはドレスの上に色とりどりのガウンを着ていて、まるで蝶《ちょう》さながらの美しさだ。男性は伝統衣装の人もいれば、糊《のり》のきいたシャツにジャケットとスラックス姿の人もいる。

どうやら高官の家族が参加しているらしい。いかにも高価そうな装いの娘たちを見ながら、ロレインは大きく身震いした。

（ど、どうしよう。よく考えなくても、私は彼女たちから皇后の座を奪ってしまったのよね）

なりたくてもなれなかったのかもしれないが、だからといって歓迎されるとは限らない。

ついに蝶のような四人組がこちらへ向かってきた。ロレインは極度の緊張で脈が速くなるのを感じた。

「ほら、友人作りにいそしんでこい」

ジェサミンに背中を押され、ロレインは前に押し出された。マクリーシュでは知人は多かったが、友人となるとひどく限られていて――婚約破棄でゼロになった。

「おめでとうございます、皇帝陛下。お初にお目にかかります、ロレイン様。私はトフト公爵家のシェレミーです。皆を代表してお祝い申し上げます」

令嬢たちが一斉に頭を下げる。ジェサミンが軽くうなずくと、彼女たちはロレインを取り囲んだ。自己紹介が済んだ後、彼女たちは堰《せき》を切ったように話し始めた。

「すごいわロレイン様、陛下の射るようなまなざしにすくみ上がらないなんて！」

「見つめられると息苦しくなって、皆倒れてしまうのに。冗談抜きで『全女性が足元にひれ伏す陛下』の前で立っていられるなんて、尊敬しちゃうっ！」

「よかった、これでお父様に『正妃になれ』ってぐちぐち言われることがなくなるわ。いつまでも未練がましくて困ってたの」

「私なんて滝行に行かされたのよ。心身を鍛錬すれば、陛下のオーラにも耐えられるかもしれないって。その後も普通に気絶したけど！」

令嬢たちからは敵意はまったく感じられない。それどころか顔を輝かせて大喜びしている。反比例するように、ジェサミンの顔が渋くなった。

「陛下には、女性を夢中にさせる要素がすべて備わっているわ。頭もいいしたくましいし、誰よりも強いし。でもオーラがねえ……」

「この国では神も同然の存在で、最高の花婿候補と言われているわ。でもオーラがねえ……」

「陛下のおかげで、すごく国が繁栄しているの。世界で最も力のある君主と言われることもあるくらいよ。でもオーラがねえ……」

「陛下のためなら火の中水の中っていう腹心の部下がたくさんいて、とっても人望が厚いの。でもオーラがねえ……」

四人の令嬢が口々に言う。ジェサミンの顔がますます渋くなった。

「この国の令嬢に、ロレイン様と立場を交換したいと思う子はいないから安心してね。みんな陛下のオーラで散々な目に遭っているの。好みが並外れて厳しくて、オーラで女を追い払っちゃうんだもの。陛下のお眼鏡《めがね》にかなった女性が現れて、本当に良かった!」

「すっかりロレイン様の虜になったみたいで安心したわ。私もこれでようやく嫁に行ける!」

「私たち、陛下に尊敬の心を持っているわ。ロレイン様、どうか陛下を幸せにしてさしあげて」

「あなたにこの国の命運がかかってるの。ロレイン様を支えるためならなんだってするからっ!」

どうやら盛大に祝われているらしい。明るい令嬢たちに囲まれ、ロレインは「ありがとう」と微笑んだ。

ジェサミンも笑った。明らかに苦笑ではあったが。

極上の料理や飲み物を味わいながら、皆で笑い合う。やがて楽団の演奏が始まった。組み上げた薪《まき》で火が燃え盛り、人々が輪になり始めている。

「行きましょうロレイン様、ヴァルブランドの踊りを教えてあげる!」

シェレミーがロレインの腕を引っ張る。みんなで笑いながら踊り、歌い、燃え盛る炎の周りを跳ね回った。

「ジェサミン様。私、とても楽しいです！」

ロレインは大きな声で言った。そして、明るく大きな声で笑う。こんなに楽しい気分になったのは、一〇年以上ぶりだった。

第三章　皇后、念願の友達ができる

すぐにロレインは、この四人の令嬢と友達になった。

トフト公爵家のシェレミー、ウフトン公爵家のレーシア、ラステア公爵家のパメラ、エティエ公爵家のサビーネ。

彼女たちは公爵令嬢であり、場合によっては『姫』と呼ばれる身分なのだそうだ。揃って先々代の皇帝の血を引いており、ジェサミンとは親戚にあたる。

名門公爵家の娘だからこそ『いざとなったらお飾りの妃になるしかない』と、全員が悲壮な覚悟を固めていたらしい。

「陛下の三人の弟君は、まだお小さいの。先代の皇帝陛下は、正妃様を失ってから長い間悲しみに沈んでいらっしゃったから」

「先代様の晩年にようやく、身分の低い妃にお手がついたのよね」

「なんと三つ子ちゃんなの。信じられないくらい可愛いわよ！」

「でも、全員小さく生まれたから体が弱くて。お母様の身分も低いし、次の後継者にするには不安があるのよね」

四人の言葉を、ロレインは熱心に聞いた。ジェサミンは夫となった相手なのに、まだ知らないことが多すぎる。

「あ、いけない！」

シェレミーが叫び、いきなり沈痛な面持ちになった。

「ロレイン様にちゃんとした敬語を使えって、お父様に叱られたんだった。くだけた言葉で話してるって知られたら、大変なことになっちゃう……」

「お願いだから気にしないで。私はむしろ、いまのままがいいの」

ロレインはシェレミーの手をそっと握った。出自を考えれば、仲良くしてくれているのが信じられないくらいなのだから。

ジェサミンと初めて会った日から六日が過ぎ、ロレインはたくさんのイベントをこなした。「まずは旅の疲れを癒せ」と言われているので、基本的には楽しいものばかりだったが。

それでも『皇后にふさわしい衣装を揃える』ための時間は、運び込まれた上等な生地のあまりの多さに呆然となってしまった。宝石の入った箱が、部屋の端から端までずらりと並んだときは、めまいがして倒れそうになったほどだ。

「あなたたちがアドバイスをしてくれないと、私は右往左往するばかりよ。衣装選びのときは本当に助かったわ。ちょっと買いすぎかな、とは思ったけど」

ロレインの言葉に、四人は問題ないと言わんばかりに首を横に振った。

「たくさんお金を使ったことに対する陛下の反応を心配してるの？　断言するけど、怒るどころか大喜びしてるわよ」

「そうそう。陛下はロレイン様に綺麗なドレスと、蝶の羽のように薄い極上のシルクのガウンを着せて、宝石で飾り立てたいのよ」

「何しろ即位してから五年も後宮が空っぽで、予算が有り余ってるわ。ティオンも仕事ができてはりきってるし」

「ロレイン様は経済を回すことが使命なのよ。これからもどんどん買うわよ！」

ベラが淹《い》れてくれたお茶を飲みながら、ロレインたちは話に花を咲かせた。

日中のジェサミンは、やはり執務で忙しい。ベラもマイもリンもいい子たちだけれど、やはり立場の壁がある。心を許せる四人の存在は、いまやなくてはならないものになっていた。

（お父様のことを考えると心が沈むから、みんなが側にいてくれて本当に助かる……）

温かな愛でロレインを包み込んでくれた父ウェスリーは、いまごろどうしているだろう。

ケルグが情報を持ち帰るまで二週間かかる。彼が出立してから六日目だから、もしかしたらマクリーシュに到着しているかもしれない。

ウェスリーは冷静沈着で滅多に感情的になることがなく、常に己の立場を忘れない立派な人だが、ロレインが皇后になったことを知ればきっと驚くだろう。そして、難しい立場に追い込まれる。

（ジェサミン様は『俺に任せろ』とおっしゃってくださった。だからきっと大丈夫）

父のことを思うと、急に強い孤独感を覚えてしまう。気をしっかり持つのよ、とロレインは自分に命じた。

「それにしてもエライアスって、馬鹿な男ねえ。サラって女もひどく子どもっぽいし。無邪気な顔をして心ない言葉を吐くなんて、一番嫌いなタイプだわ」

「天真爛漫なふりをしているだけで、お腹の中は真っ黒でしょ。そんな女に引っかかるなんて馬鹿みたい」

「野心があって、狡猾《こうかつ》で押しが強くて。婚約者がいる男に近づいて色仕掛けするなんて最低。サラが王妃になったら、国が衰えるのは目に見えてるわ」

「そんな女と結婚したら、絶対失敗するわよ。それで、ずーっと痛手に苦しむのよ」

エライアスとサラに心を傷つけられたことを、四人にはちゃんと話してある。彼女たちは煮えたぎるような怒りを感じたらしい。

こうしておしゃべりしていると、いまなお生々しく残る傷痕が薄れていくようだ。

「エライアスに比べたら、陛下はずっと紳士よ。俺様すぎるきらいはあるけど」

シェレミーが言うと、残りの三人が「そうそう」とうなずいた。

「例の『お前を愛することはない』も、ちょっと誇張されすぎてるのよね」

レーシアが肩をすくめる。

「こっちはオーラに耐えられなくて気絶しちゃうじゃない？　それで『すまん、お前を愛することはできない』とか言われると『ですよね』みたいな」

パメラが拳を握り締めた。

「そうそう、こちらこそすみませんって思うのよね。すごすごと帰っていく令嬢に対するアフターフォローは完璧なのよ、山ほどのお土産を持たせてくれたし」

サビーネが微笑んだ。

ロレインは目を丸くして彼女たちの話を聞いていた。やはりジェサミンは女性に対する思いやりがあり、気配りもできる人であるらしい。

「五年も待った分、陛下の愛は重そうではあるわよね。ロレイン様、がんばって」

シェレミーの目がいたずらっぽくきらめく。

ロレインは答えに窮してしまい、小さく微笑むことしかできなかった。

ちなみにロレインたちのいる場所は、宮殿側にある『正妃の部屋』だ。何人もの令嬢が『おためし』で利用した後宮の部屋より断然いいだろう、とジェサミンは判断したらしい。

もちろん室内は華やかに装飾されている。贅沢という言葉では到底足りないくらいだ。低くて大きなテーブルにはたくさんのお菓子が置かれている。ロレインたちは絨毯の上にクッションの山を築き、くつろいだ姿勢でお菓子をつまんだ。

厳しい王太子妃教育を受けながら、心の奥で「普通の令嬢のように青春を謳歌《おうか》してみたい」と思っていた。まさかヴァルブランドで夢が叶うとは。

「ねえねえ。ロレイン様は、違う人生を切望して後宮入りを志願したの？」

黒髪黒目でほっそりした体型のパメラが言った。

「え？　え、ええ。そう――そうね」

ロレインはぎょっとして、次いで気まずい気分になった。

「いえ、正直に言うわ。ヴァルブランドに来たのは人生をやり直したかったからじゃなくて……『一時的』に逃げたかったからなの。マクリーシュを離れるのは、ほんの二か月だけのつもりだった」

「あらあら。でも、そんなことじゃないかと思ってたのよ」

赤毛のレーシアが、黒い瞳をいたずらっぽくきらめかせた。ロレインは小首をかしげた。

「だって、ロレイン様は野心満々じゃないんだもの」

「皇后の座を狙うタイプには見えないわよね」

レーシアの言葉を、茶色い髪のサビーネが引き継ぐ。彼女の瞳は穏やかな灰色だ。

ロレインは目線を下に向けた。

「婚約を破棄されてからは、ずっと屋敷に引きこもっていたわ。自分から行動を起こすことはほとんどなかった。社交の場に出ても、貴族たちはよそよそしい態度をとるから。誰ひとり近づいてこないし。ひそひそ話をされて、非難の目を向けられるだけ」

マクリーシュでのことを思い出すと、どうしても気持ちが沈んでしまう。

「エライアスとサラとの接触も、できるかぎり避けてきた。でも、二人の結婚式に招待されて……私は筆頭公爵の娘だもの、国家行事を欠席することは許されないわ。でも、我慢の限界を超えたの。結婚式に出ないで済むならなんだってやってやるって気持ちで、後宮入りを志願した」

「エライアスとサラは、なんて無神経なの。二人揃って人の神経を逆撫でする天才ね。結婚式に出たくなくて当然よ、出られるわけがないわっ!」

シェレミーの声が怒りに震えた。彼女は蜂蜜色の髪と目の持ち主だ。とても華やかな美人で、ジェサミンに似た迫力がある。

「わかってくれて嬉しい。婚約破棄の傷を抱えたまま招待客の中に交じるだけでも耐えられないのに、サラは私にスピーチをさせたかったんですって」

四人の令嬢があんぐりと口を開けた。

「……本当に人間なの?　邪神とか悪魔じゃなくて?」

恐ろしい疑問が湧いたらしく、シェレミーが震える声で言った。ロレインは苦笑しながら「多分人間だと思う」と答えた。

「父はなんとかして、私を一時的に逃がそうとしたの。後宮入りの話を持ってくるなんて思いもよらなかったけれど……私には父の思いやりがありがたかった」

ロレインは最後に見た父の顔を思い出した。出航する船に向かって手を振る、寂しそうで切なそうな顔。

「素晴らしいお父様なのね。ロレイン様を見てたらわかるわ」

パメラがつぶやくと、他の三人も同意するようにうなずく。次の瞬間、シェレミーがはっとしたような顔つきになった。

「マクリーシュ王国からの志願者はロレイン様ひとりだけだったけど。よく考えたらそれってておかしいわ」

「そういえばそうね」

レーシアが真顔で応じる。

「陛下のお妃探しはヴァルブランドの令嬢から、他の大国や歴史の長い国の王女や高位貴族の令嬢へと移ったわ。ものすごい権力者で、ものすごく裕福な方だもの。オーラのことがあっても、候補は次々と現れたわ」

「ええ。玉の輿《こし》狙いの令嬢たちが、我こそはと殺到したのよ。結局ふさわしいお相手は見つからなかったけれど」

「数か月前に、打診の範囲を小さな国にまで広げたわ。マクリーシュの前に四つの国から志願者を募ったの」

「オーラのせいで、陛下は粗野で獰猛で残忍だという噂が広がっていたし、例の『お前を愛することはない』も有名になっていたけど。それでも相当な人数が集まったのよ」

四人の言葉に、ロレインは背筋がぞくりとした。

「……もしかしてサラが、エライアスが……他の候補たちを握り潰した？　結婚式のスピーチより、たったひとりで後宮入りさせて悲惨な結果に終わる方が、よほど面白いと思った……？」

シェレミーがロレインを見て、気の毒そうな表情になった。

「その可能性はあるわね。ロレイン様のことだもの、なんだかんだ言ってスピーチは立派にこなしたでしょうし。すごすご帰ってきた姿をあざ笑う方が、たっぷり楽しめると思ったんじゃないかしら」

せせら笑うサラの声が聞こえた気がした。エライアスはサラの望みならなんでも叶える。彼ならそれくらいのことはしそうだった。

「もしそうなら許しがたい侮辱よ！」

「でもざまあみろじゃない？　結果としてロレイン様は、陛下の正妃になったんだし！」

「事実を知って眠れぬ夜を過ごそうと、自業自得よね」

「ケルグが情報を持ち帰るのが楽しみだわ。エライアスもサラも、すごくいい反応をするに違いないもの」

四人は必死で明るい話題に持っていこうとする。感謝しかない、とロレインは思った。

「ね、明日は街歩きに行かない？　新しくできた本屋さんに行って、可愛い雑貨のお店を覗きましょうよ」

「のみの市に出かけるのもいいわね。掘り出し物を探すのは楽しいわ」

「服飾店でコーディネート対決はどう？　交代で試着して、あれこれ批評するの」

「いいかもしれないわね。最下位になったら全員分のお会計を持つっていうのはどうかしら？」

みんながロレインの方に身を寄せてきた。手を握ったり、肩に手を置いたり、背中を撫でたりしてくれる。

彼女たちの優しさに胸を打たれ、ロレインは微笑んだ。

それからは楽しい話題だけを選んで会話を続けた。すっかり気分が軽くなった頃、部屋の扉が大きく開かれた。

きらびやかな金のガウンをまとったジェサミンが入ってくる。四人の令嬢を順番に眺めると、彼は思いっきり渋い表情になった。

「これは『まだいたのか』のお顔ね」

「いいえ『女の話は長いな』とか『いつになったら終わるんだ？』のお顔じゃないかしら」

「そうじゃないわよ、『ロレイン様との時間を邪魔するな』のお顔よ」

「つまり『さっさと帰れ』ね」

四人はさすがに親族だけあって親しげで、完全にジェサミンをからかっている口調だ。

「ぐ……わかってるならさっさと帰れ！　邪魔をするならオーラを出すぞ！」

気持ちを見透かされたジェサミンが怖い声を出す。

四人は「はいはい」と笑いながら立ち上がり、笑顔をまき散らしながら帰っていった。

ロレインも笑顔で手を振った。

「彼女たちには感謝しかありません。慣れない国で私が寂しくないように、精いっぱい気を遣ってくれているんです。会話の中でさりげなく、ヴァルブランドの伝統やしきたりを教えてくれて……」

意味深長な目でジェサミンを見上げる。彼は「う」と息を呑んだ。

「俺の態度も……悪かったと思う。あいつらには今度謝る。お前が詫《わ》びの品を選んでくれるか?」

「素晴らしいお考えです。気合いを入れて選びますね」

ロレインは満面の笑みで言った。

「すでに尻に敷かれている気がするが、俺の気のせいか?」

ジェサミンが唸《うな》ったので、ロレインは真面目な顔で「気のせいです」と答えた。

「陛下、お夕食はこちらで召し上がりますか?」

女官長のベラが尋ねる。

「おう。腹が減って死にそうだ、急いで支度してくれ」

「かしこまりました」

ベラは笑顔で答え、ほどなくしてマイやリンと一緒に食事を運んできた。テーブルに料理の皿がいくつも並ぶ。

ジェサミンが大きなクッションに座った。ロレインもすっかりお気に入りになったクッションに落ち着いた。

向かい合わせではなく横に並ぶのはジェサミンの希望で、正妃にだけ許された特権だからでもある。最初は恥ずかしかったが、だんだん慣れてきた。

香辛料をまぶして焼いた肉や、やはり香辛料の利いたひき肉と野菜入りのパン、ナッツ入りのサラダなど、格式ばらない気軽な夕食だ。この六日間でロレインも何度か晩餐会《ばんさん》に出席しているが、そういった場ではずっと手の込んだ料理が出される。

「たくさん食え、ロレイン」

ジェサミンが料理を取り分けてくれる。彼曰《いわ》くロレインは『痩せすぎ』であるらしい。

「ばあやの神経痛の具合はどうだ？」

「素晴らしいお医者様に診ていただきましたし、温泉の効果もあって、生まれ変わったように回復しました。何もかもジェサミン様のおかげです」

ロレインを幼い頃から守ってくれていたばあやはいま、これまでになく幸せそうだ。

「ずっと神経痛のひどい痛みに悩まされていたので、ヴァルブランドへ同行するのは無理だと思っていたんです。でも他の侍女には任せられないと、ばあやは何度も鎮痛剤を飲んで……」

馬車での旅を思い出す。ロレインはたくさんのものに興味を引かれたが、ばあやは薬の副作用で寝ていることが多かった。

「本当にありがとうございます。専門医に診せたくても、マクリーシュにはいいお医者様がいなかったんです」

「感謝する必要はない。何しろ正妃の母代わりだからな、敬意を払うのは当然のことだ」

ジェサミンがぶっきらぼうに言う。ロレインは小さく微笑んだ。

ヴァルブランドに来てからの、ばあやの毎日はのんびりしたものだ。ベラとマイとリンが飛びぬけて有能なので、ようやく休暇を取る気になってくれたのだ。

「ばあやが純粋な休暇を取るのは、すごく久しぶりなんです。彼女が楽しく過ごせているのが、本当に嬉しくて」

「もっと楽しく過ごせるように、必要なものはなんでも買ってやれ」

ジェサミンは尊大な雰囲気だし、気に入らないことがあると怒るし、とても短気だ。でも思いがけない優しさの持ち主でもある。

二人きりでの夕食のときは必ず、その日の執務の内容を差しさわりのない範囲で教えてくれる。ロレインがヴァルブランドという国と国民について、早く、そして正確に理解できるように。

ジェサミンの話に耳を傾けるだけではなく、意見を求められることもある。活発な議論になることもあった。

「東のファレル王国と、貿易協定をまとめる交渉に入ろうと思う」

「あちらは島国で、周辺の海は世界で最も荒れるとか。そのおかげで侵略の危険から逃れ、鎖国に近い状態ですよね」

「ああ。だが我が国の最新鋭の船ならば問題はない」

「素晴らしいご決断だと思います。ファレルの天然資源の埋蔵量は魅力的です。他国に先んじて協定を結べば、莫大《ばくだい》な利益が得られるでしょう。ですが独特な文化と慣習のある国なので、その点を考慮しなければなりません」

「そうだな……非常にプライドの高い民族だ。信頼できる部下を送り込んで、ファレルの風習に慣れさせるか」

そう言って、ジェサミンはにやりとした。

「お前の知識量には驚かされるな。聞き上手だし、説得力のある意見も出せる。俺はお前との議論が、すっかり楽しみになっている」

「エライアスには、可愛げがないとうんざりされたのですけれど……」

「阿呆だな。妻が聡明なのは、夫にとって喜ばしいことだ」

ジェサミンの顔に尊大な笑みが浮かぶ。彼はベラに向かって手を振り、食事の後片づけをするように指示した。

「さあロレイン、ここからは夫婦の時間だ。今日も『練習』をするぞ。準備はいいか?」

「は、はい」

期待のこもったまなざしを向けられ、ロレインはもじもじした。三人の女官はすぐに出ていってしまったから、ジェサミンと二人きりだ。

「さあ、来い!」

ジェサミンが両腕を大きく広げる。

「俺の胸に飛び込んでこい!」

「う……」

ロレインの胸は息苦しいほど高鳴った。顔が真っ赤になるのがわかる。恥ずかしさのあまり気が変になりそうだ。

「どうした。初日は自分から抱きついてきたではないか」

「あ、あのときは酔っていたから。勇気はもうしぼんじゃってます!」

つい反論してしまったが、内心では後ろめたさを感じていた。

正妃になった以上は、果たすべき責任がある。ロレインにのしかかる周囲の期待は重い。世継ぎを産む義務と重圧が、ずっしりと肩にのしかかる立場だ。

わかってはいても、婚約期間も経ずに結婚というのは未知の領域で――どうしていいかわからずにいる。

ジェサミンは強大な力を持つ皇帝だ。ロレインが望もうと望むまいと、容赦なく権利を行使することができる。

だがジェサミンは、そんなそぶりはまったく見せない。

『俺は相手の意に反して、そういうことをする男ではない』

彼が初日に言ってくれた言葉は本当で、ロレインはまだキスすら経験していないのだ。

「仕方ないな」

ジェサミンがふんと鼻を鳴らす。

「今日も俺が指示を出すしかないようだな。いいかロレイン、歩くことだけに意識を集中しろ。まず一歩踏み出すんだ。さあ、ゆっくり俺のところへ来い」

ロレインはごくりと唾を飲み込んだ。あれこれ言い訳を考えても仕方がないようだ。

「よし、いいぞ」

ジェサミンから指示された通りに、そろそろと彼の方へ移動し始める。

「その調子だ。鳥になったつもりで、両手を大きく広げるんだ」

緊張で息すらできないから、脳内の酸素が欠乏している。人は通常の状態ではないときは、普段しないようなことをするものだ。

ロレインは飛び立とうとする大きな鳥になりきって、両腕を大きく持ち上げた。

「そのまま飛び込んでこい！」

「はいっ！」

ぎゅっと目をつむって、倒れ込む勢いで身を投げ出す。

腕の中に飛び込んできたロレインを、ジェサミンが嬉しそうに抱き上げた。

「よくやった！」

「はい……私、すごくすごく緊張しました……」

笑顔で互いの顔を見つめ合う。

「まったく、オーラには怯えんくせに」

ジェサミンがにやりとした。とても男っぽくて、自信に満ちた笑い方だ。

「だが断言しよう。もうすぐお前は、俺が腕を広げたら即座に抱きついてくるようになる！」

「そ、そうでしょうか……」

ロレインはまだどきどきしていた。ジェサミンの力強い腕や、漏らす吐息や温もりがロレインに安心感を与えてくれる。

「そうに決まってる。俺を好きになるのはそう難しいことではないはずだぞ？　なぜならば、俺ほど申し分のない男はこの世に二人といないからだ！」

ジェサミンが自信満々に言い切った。

確かに彼は、ロレインがこれまで出会ったどんな男性とも違う。

「すぐだぞ、ロレイン。もうすぐだ。絶対にお前は俺に惚《ほ》れる」

耳元で断言されると「そうかもしれない」と思えてしまうのが不思議だった。

（すぐには無理だとしても、祝賀行事の日までには……）

帝都エバモアの民たちは、皇后がお披露目される祝賀行事を楽しみにしているらしい。結婚披露宴のようなものなので、諸外国からも賓客が招待される。およそ二か月後に盛大に執り行われる予定だ。

名実ともに超大国の皇后になるのだと思うと、途方もなく怖い。でも、ロレインの世界を一変させたジェサミンがいれば大丈夫な気がした。

「早く俺を好きになれ！」

ロレインは微笑み、小さく「はい」と答えた。

第四章

皇帝、小者たちを掌の上で躍らせる

そして、それから一週間があっという間に過ぎ——ケルグの帰国の日は、いよいよ明日に迫っていた。

「ロレイン様、ケルグさんがマクリーシュからお戻りです!」

ベラの言葉に、ロレインは読んでいた本を取り落としそうになった。朝からずっと待っていた連絡だ。すっかり日が暮れて、四人のおしゃべり仲間も帰宅している。

「そう。戻ってきたのね……」

興奮と緊張で体が震えた。もちろん、顔に出したりはしなかったが。

「はい。まずはケルグさんおひとりで、陛下にご報告されるそうです。立ち会われますか?」

「もちろん立ち会うわ」

ロレインは立ち上がった。ジェサミンから立ち会いの許可をもらったときから、ずっと待ち構えていたのだ。

急いで謁見室に向かう。衛兵が即座に扉を開けてくれた。

「来たか」

ジェサミンの瞳が太陽のようなきらめきを放つ。ロレインは深呼吸し、彼の隣の玉座にしとやかに腰を下ろした。

すぐにケルグが入室してきた。

彼は三〇代半ばで、いかにもジェサミンの部下といった雰囲気だ。つまり筋骨隆々としていて、威圧感がみなぎっている。黒いシャツに灰色のジャケットとスラックスといういでたちで、旅装のままであることが窺《うかが》えた。

「ケルグ・バンダル、陛下より課された任務を遂行し、帰国いたしました」

ケルグは掌《てのひら》を心臓の真上に置き、深々と頭を垂れた。

「ご苦労だった。すぐに本題に入れ」

「はい」

ジェサミンの声に顔を上げたケルグの淡褐色の瞳が、わずかに揺らぐ。

「ご報告の前に、先にお詫びを申し上げたいと存じます。聞くに堪えない言葉もお耳に入れなければなりませんので……」

ケルグがこんなことを言う理由はひとつに決まっている。エライアスやサラが、想像するだけでぞっとするような罵詈《ばり》雑言を吐いたのだろう。

その証拠に、ケルグの目はロレインを見ていた。嘘偽《うそ》りがなく真面目な人だ。そして職務に忠実でひたむきな人。

ロレインは静かにうなずき、いささかの動揺の色も見せなかった。

ジェサミンが決然とした声を出す。

「気にする必要はない。言うべき必要のあることはすべて言え」

「はい。それではまず、ロレイン様のご尊父様ウェスリー・コンプトン公爵についてですが」

父の名前を聞いてはっとしたが、ロレインは冷静であるように努力した。

「陛下のご指示の通り、六〇名の狂戦士のうち私以下七名が身分を偽って入国し、すみやかに公爵に接触いたしました」

彼らが王宮に向かえば、父は即座に微妙な状況に置かれることになる。だからこそジェサミンは、先に父の安全を確保するように指示してくれたのだろう。

「大変驚いておられましたが、すぐにご理解くださいました。あらゆる状況に対処するため、四名の『皇《おう》の狂戦士』に公爵の身辺警護に当たらせました」

『皇の狂戦士』というのは、ヴァルブランド帝国軍の精鋭部隊であるらしい。

真っ先に騒乱の渦中に飛び込んでいく、勇敢で怖いもの知らずの男たち。超人的な身体能力、そして戦闘能力を備えていて、並の人間では不可能なことを軽々とやってのける。

(よかった。皇の狂戦士が側にいてくれたのだから、お父様に危害が加えられたはずがない……)

マクリーシュ王立騎士団は、上層部が貴族の次男や三男の名誉職になってしまっている。

おまけに首席騎士が稽古をさぼってばかりいたエライアスだ。

　サラの無駄遣いのせいで予算が大幅に削減されたそうだし、貧弱な組織であることは間違いない。

「公爵の身の安全を確保後、私以下三名は残りの者たちと合流し、王宮へと向かいました。ちょうど王太子エライアスと婚約者サラの、結婚式のリハーサルの最中でして。王宮内は蜂の巣をつついたような騒ぎになりました」

　そうか、とロレインは思った。エライアスとサラにとっては、最悪のタイミングだったわけだ。

　彼らは豪華な結婚式を計画していた。己が摑んだ栄光を見せつけたいとサラが願ったからだ。あまりにも費用がかさみ、財務大臣であるホートン侯爵が頭を抱えていたのを知っている。

「即座にリハーサルは中止となりました。王族が全員集まっていて好都合だったのですが、サラがものすごい癇癪《かんしゃく》を起こしまして。子どものように泣いて暴れるので驚きました。あの娘は、感情的になりすぎるきらいがありますね」

　ケルグが疲れたような表情を浮かべる。恐らく、いまも耳の奥でサラの金切り声が響いているのだろう。

　ロレイン自身、我儘《わがまま》な子供のように振る舞うサラを嫌というほど目にしてきた。何がなんでも自分の要求を通そうとするのだ。

王太子妃になるような女性は、晴れの舞台が台無しになっても取り乱すことは許されない。大声を張り上げたり、癇癪を起こしたりするのはもってのほかだ。ケルグがどれほど呆《あき》れたか、想像するに余りある。

「私は精いっぱい丁寧に『黙れ』という意思を伝えまして。最終的には、マクリーシュ側がサラの体の自由を奪いました。軽く縛って猿轡《さるぐつわ》を噛ませるという方法で」

（ケルグさんが丁寧に……そうとう迫力があったんだろうな）

ロレインは内心で苦笑した。

サラは結婚式のリハーサルの日に、人生最大の屈辱を味わったらしい。彼女の瞳に燃え上がる怒りの炎が目に見えるようだ。

「静かになったところで、粛々と事実を伝えました。ロレイン様が世界で一、二位を争う超大国ヴァルヴランドの皇后とおなりになったことを」

その知らせは、エライアスに大変な衝撃を与えたに違いない。

「国王一家は想像すらしていなかったようで、しばらく魂が抜けたようになっておりました」

ケルグが重いため息をつく。

「我に返った王太子が、死に物狂いで反論してきまして。ロレイン様が身上書を提出しなかったか、偽造したに違いないと、くだらない言いがかりをつけてきました」

「愚かだな。いや、愚かどころではない」

ジェサミンが氷のように冷たい声で相づちを打つ。

「まったくです。そうではないとわかると、エライアスは激しく打ちのめされて卒倒してしまいました。国王も王妃も貧血を起こし、正常な状態に戻るまで時間がかかりまして。時間は無限にあるわけではないと、最初に伝えておいたのですが」

「お前のことだから、その間に王宮内で人脈作りに励んだのではないか？」

「もちろんです。事前に役人のリストを読み込んで、目星をつけておりましたから。金の力も少々借りました。必要な資料はあっという間に揃いましたよ。今後も王宮内のありとあらゆる情報を、たやすく得ることができます」

ロレインは背筋が寒くなるのを感じた。やはりヴァルブランドは敵に回すと危険極まりない。

「お前が持ち帰った情報は、このあと精査するとしよう。それで、続きは？」

「は。正味二日の滞在期間中、王宮内では何度も会議が行われました。高位貴族、法律の専門家、国内に駐在している他国の大使などが呼ばれ、対応策が検討されたようです」

「ご苦労なことだ。その時点で結婚式本番まで二週間か。それどころではなくなって、サラという女は歯噛みしたことだろう」

ケルグが戻ってきたいま、結婚式は一週間後に迫っている。サラは眠れぬ夜を過ごしているに違いない。

「最終的にマクリーシュ側は、後宮入りさせる令嬢の選考時に『手違い』があったと主張してきました。マクリーシュ国内で正式な手続きを踏んでいないので、この結婚は無効であると。ロレイン様が末端の妃としてもふさわしくない娘であることを示す、新たな証拠も提出するそうです」

ジェサミンの顔にたちまち怒りの表情が浮かんだ。ロレインも頭がくらくらするほどの怒りを覚えていた。

「いまさら結婚式を中止にするわけにもいかず、王族はマクリーシュを離れることができません。申し開きをするため、二名の代表者が選ばれました。それから、ロレイン様の『代わり』となる娘が八名」

ロレインは小さく身じろぎした。国王の臣下が血眼になって探しても、たった二日で八名もの令嬢が用意できるはずがない。最初から自分以外にも候補がいて、エライアスとサラによって握り潰されたのだろう。

「宮殿のすぐ近くに待機させてありますが、お会いになりますか？」

「いいだろう、会ってやる。一時間以内に連れてこい」

ジェサミンが有無を言わさぬ口調で言った。

「反抗して俺にねじ伏せられるか、事実を素直に受け入れるかの、どちらかしかないということを教えてやる」

呼び出しを受けたことをマクリーシュからの一行に伝えるため、すぐにケルグの部下が呼ばれた。

ケルグがいくつか指示を与えているのを聞きながら、ロレインは目を閉じた。

（エライアスは、やはり面子《メンツ》にこだわるのね……）

自ら婚約破棄を言い渡したロレインが、サラとの結婚式の直前に格上の存在になってしまったのだ。語り草となるはずの男爵令嬢との恋物語は、この一大ニュースの前に霞《かす》んでしまう。

一週間後の結婚式には、諸外国からも大勢の賓客を招いているはずで――幸せを見せつけるためのイベントなのに、このままでは恥を晒《さら》すための場に変わってしまうだろう。

好ましくない状況に対処するため、代わりとなる娘たちを送り込んできたのも無理はない。

ロレインはプラチナブロンドと緑の瞳、そして抜けるように白い肌の持ち主だ。ヴァルブランドの人々と比べると、かなり色素が薄い。マクリーシュは冬の日照時間が極端に短いせいか、皮膚や髪の色が薄くなるようだ。

エライアスもやはりプラチナブロンドで、瞳は青い。サラは少し暗めの金髪だが、瞳はロレインと同じ緑だ。

つまりロレインと似たような色合いを持つ娘が、マクリーシュにはたくさんいる。ロレインが気に入られたのだから、他の娘も気に入られるだろう——王族たちがそう考えたことは、推して知るべしだ。

(私ですら、ジェサミン様のオーラのことは知らなかったから。粗野で獰猛で残忍なお方で、気に入らなければ容赦なく追い返す。ただそれだけだと思っていたし)

目を開けると、ちょうどケルグの部下が出ていくところだった。

「ロレイン様。御尊父様であるウェスリー・コンプトン公爵について、もう少しご報告させていただきたく存じます」

ケルグが姿勢を正して口を開く。

ロレインは背筋を伸ばし「ええ」と答えた。

「公爵の身が危険に晒されることがないよう、我らと共に出国してはどうかとご提案したのですが。領民に対する責任があるので、それはできないというご返答でした」

「そうですか……とても父らしい言葉です」

父は筆頭公爵であることをとても誇りに思っていた。コンプトン公爵領の民も、父のことを心から慕っている。

ウェスリーはロレインに残された最後の家族だ。母が病気で命を落としたとき、ロレインはまだ五歳だった。

公爵位は遠縁の青年ジェイスが継ぐことが決まっているが、彼はいま隣国に留学中だ。

他に領民たちを守れる者がいないのだから、父が出国を断ったことは意外ではなかった。

「父はいつも言っておりました。領民が懸命に働いているから、我が家が潤っているのだと。自分の肩には領民や家臣の生活がかかっていて、彼らを幸せにしなければいけない責任ある立場なのだと」

「はい。ご尊父様からは、決然とした意志が感じられました。王族が信用できず、誠実さも感じられないからこそ、マクリーシュに残って領主としての責任を全うすると……」

ケルグの言葉を聞いて、ジェサミンが小さく唸った。

「さすが、お前の父親だ」

ロレインはつい気が緩んで、目に涙がこみ上げてしまった。慌てて手で目元をぬぐう。

「公爵が不利な状況に追い込まれないよう、連れていった皇の狂戦士の半分に当たる三〇名を残してきました。公爵が駆け引きの駒に使われることも、領民に悪い影響が及ぶこともないでしょう」

「賢明な判断だ」

ジェサミンがうなずく。

「皇の狂戦士を攻撃することは、ヴァルブランド帝国皇帝たる俺への、言わば宣戦布告だからな！」

ジェサミンははっきりと力強く、尊大な口調で言った。なんとも頼もしい言葉だ。

「ロレイン。マクリーシュの連中が来るまで少し時間がある。もっと華やかな衣装に着替えてこい。お前には、堂々とした姿で俺の隣にいてもらわなければ！」

公の場で本音を顔に出さない訓練を受けているのに、このときばかりは泣き笑いのような顔になってしまった。

涙で少しばかり化粧の崩れたロレインに対する、ジェサミンの思いやりが嬉しい。

「ありがとうございます、ジェサミン様」

ロレインはしとやかに席を立ち、謁見室の外に出た。廊下で待っていた三人の女官が寄ってくる。彼女たちがあっという間に美しくしてくれることは、十分すぎるほどわかっていた。

「まあ、それは急ぎませんと。ロレイン様が貴重な宝物として扱われていることを、マクリーシュの連中に見せつけてやらなくては！」

ロレインが事情を告げると、ベラが鼻息を荒くした。マイとリンも気合いの入った表情になる。こうと決めたらあとには引かない、頼もしい女官たちだ。

「そうね。でもちょっと待って、衛兵に伝えておきたいことがあるの」

ロレインは流麗な動きで踵を返した。そして衛兵に、いくつかの要望を伝えた。彼が深々とお辞儀をしたところで、また女官たちのところへ戻る。

「どうかなさったのですか？」

不思議そうにしているベラに、ロレインは微笑んでみせた。

「大したことではないの。これから先、何よりも必要になりそうな物の手配をお願いしただけ。待たせてごめんなさいね」

自室に戻ったとたん、女官たちは猛然と働き始めた。

「マイは新しいガウンを持ってきて。リンはティアラを出してきてね。揃いのネックレスとイヤリング、ブレスレットも持ってくるのよ」

ロレインの顔におしろいをはたきながら、ベラが次々と指示を出す。マイとリンは踊り子のように軽やかに動き回った。

この二週間というもの、毎晩彼女たちにお風呂で甘やかされ、丁寧にマッサージをしてもらっている。おかげでロレインの肌も髪も、マクリーシュにいた頃よりも美しく艶やかだ。

（鏡を見るたびに、驚きの声を上げそうになってしまうのよね……）

ロレインは自分の外見について、人に特別な印象を与えるようなものではないと思っていた。

プラチナブロンドも透明感のある肌も、マクリーシュ人特有のもの。自分にとっては個性的な色合いではない。

（エライアスからは目立たないとか地味だとか、そんな悪口を散々言われたなあ……）

サラと違って、ロレインの表情が乏しかったせいもあるだろう。けれどいまのロレインは、眠っていた何かが一気に目覚めたかのようで――マクリーシュ時代とはまったく違う雰囲気を醸し出している。

「お美しいですわ、ロレイン様。マクリーシュの者たちも、目を見張らずにはいられないでしょう」

女官たちの手を借りて、あらゆる女たちの夢の結晶のようなガウンを羽織る。

ティアラの中央では極めて希少なレッドダイヤモンドが輝いている。

揃いのネックレスとイヤリング、ブレスレット、そしてサイズを直してからはずっとはめている指輪もレッドダイヤモンドだ。

ガウンと宝石、そしてベラが直してくれた化粧のおかげで、より美しく、より堂々として見える。ロレインは新鮮な驚きを感じた。やはり昔の自分と同一人物とは思えない。

「ありがとうベラ。マイとリンも、本当にありがとう。これから先は、自信が何よりも必要なの。あなたたちのおかげで、私は自分に自信が持てるようになったのよ」

「勿体《もったい》ないお言葉です」

女官たちはすかさず謙遜したが、その顔は嬉しそうに輝いていた。

時間が迫っていたので、ロレインは急いで謁見室に戻った。急ぎ足でも、幼い頃から教え込まれた優雅な姿勢は崩さない。

「ほう、いい出来だ。お前の全身から放たれる高貴な輝きと存在感に、マクリーシュの連中も言葉を失うだろう」

玉座に戻ったロレインを見ながら、ジェサミンが満足げにつぶやく。

「よし。まずは代表者とやらを連れてこい！」

ジェサミンが命じると、ほどなくして謁見室の扉が開かれた。小柄で太った老人と、背が高くて痩せている中年男性が入ってくる。

どちらも不安そうな顔だ。ひどく取り乱しているのを、必死で隠そうとしているのが窺える。彼らが誰だったか、ロレインはすぐに思い出した。

(宰相を務めるレイバーン公爵と、エライアスの最側近ファーレン公爵……。なるほど、国王と王太子それぞれが、自分の息のかかった人間を送り込んできたのね)

どちらの公爵も一族の中に妙齢の娘がいない。ロレインが婚約者に選ばれたことがかなり悔しかったらしく、コンプトン公爵家の足を引っ張ることに熱心だった。

レイバーン公爵とファーレン公爵は、ぎくしゃくとお辞儀をした。

「は、拝謁をお許しいただき、ありがたく存じます……っ！」

「ままま、誠に遺憾ながら、我らが国王と王太子は、結婚式という重要な行事を控えております。代わりに私どもが、陛下に拝謁する大役を仰せつかり……」

「そう固くならんでいい。顔を上げろ」

ジェサミンがにやりとした。

「もちろん歓迎するぞ。お前たちはなんといっても、俺の皇后の故郷の人間だからな！」

顔を上げた二人が、同時に「ひ」と息を呑む。彼らは喉元をぴくぴくさせながらジェサミンを見ている。

「浮かない顔をしているな。なぜ喜ばんのだ。お前たちの国の娘が皇后になったのだぞ？」

ジェサミンの威圧感は剃刀《かみそり》の刃のように鋭かった。ロレインでも体がぞくぞくするほどだ。目をそらそうにも、ジェサミンには磁石のように人を引きつける力がある。荒々しい自然界の猛威を前にしたときのように、ただ翻弄されることしかできない。

二人の公爵は圧倒されて言葉を失い、何度も震える息を吸い込んだ。

マクリーシュの人間にとって、国王と王太子は神のような存在だ。しかしいま彼らの目の前にいるジェサミンは、いわば神の中の神。ロレインも初対面のとき、立場の違いを思い知らされたものだ。

レイバーン公爵もファーレン公爵も、己がしょせん小国の貴族でしかないことを思い知ったような顔をしている。

彼らはありがちの社交辞令や、用意してきたはずの謝罪や弁明すら忘れて立ち尽くしていた。

（難しい交渉役を任されて、彼らの苦悩はいかばかりか。上手く処理しないと、王宮がまた混乱に陥るだろうし）

二人の公爵は身も心も萎縮している。自分に向けられる視線に驚愕《きょうがく》が隠されているのを、ロレインははっきりと感じ取った。

マクリーシュで汚名にまみれた娘が皇后となり、明らかに特別扱いされている。彼らは信じられなかったに違いない——いまこの瞬間までは。

かつてはロレインを見る目に横柄さをちらつかせていた二人が、かなり不安そうな顔になっている。どう見ても、仕返しを恐れている表情だ。サラの尻馬に乗って噂を流し、相当に事実を歪めてきた自覚があるのだろう。

(私自身に、報復欲があるわけではないけれど……)

ジェサミンをちらりと見ると、彼の表情は温かみの欠片もなく、まなざしは冷ややかだ。この様子だと、存分に彼らを追い詰めるに違いない。

「確かな筋からの情報によると、マクリーシュの財政は手の施しようがないそうだな?」

ジェサミンがなめらかな口調で言った。

ロレインが身支度を整えている間に、ケルグが持ち帰ってきた情報を精査したのだろう。二人の公爵は、いきなり国の負債に言及されて目を丸くしている。

「ロレインが皇后になったおかげで、マクリーシュは我が国の経済支援を受けることができる。お前たちの国に繁栄をもたらす最高に有益な婚姻に、よもや水を差すつもりではあるまいな?」

「そ、それは……」

レイバーン公爵が口ごもった。彼は宰相だから、国民の福祉に回す財源が十分ではないことをよく知っている。

賢明な王太子妃になりたいと努力を重ねてきたロレインは、女ながらも数字に強くなった。エライアスは浪費家だし、サラは彼のさらに上を行く。マクリーシュの台所事情が厳しいことに、疑問の余地はなかった。

「ロレインは聡明な娘でな。巨万の富と大きな権力を手に入れたというのに、決して特権を悪用しようとせんのだ。あっという間に臣下からの人気を勝ち取ったぞ。ありがたく思うぞ、お前たちはよい娘を差し出してくれた」

「おおお、お待ちください！　そのロレインについて、残念な知らせをお伝えせねばならないのです……っ！」

エライアスの最側近であるファーレン公爵が、焦ったように一歩前に進み出る。

「残念な知らせ？」

ジェサミンが鼻で笑った。

「まさかとは思うが『間違いがあった』などと言うつもりではなかろうな？」

「は、はい――」

「となると笑い事ではないぞ。国王の玉印が押された身上書やその他書類に間違いがあったとすれば、重大な問題だ。マクリーシュが諸外国に差し出した外交文書は、すべて信用ならんということになる」

「え、え」

「マクリーシュ国王の国家元首としての能力に疑問があることを、すぐに諸外国に知らせよう。どこぞの国が『間違った』協定や条約を結ばずに済むかもしれん」

「どうか、どうかお待ちを！」

叫んだのはファーレン公爵ではなく、宰相であるレイバーン公爵の方だった。そんなことをされては、とんだ恥晒しだ。ロレイン以外にもやっかいな問題を抱え込むことになってしまう。

「皇后決定は、ヴァルブランドの将来に影響を及ぼす一大事。陛下が伊達《だて》や酔狂でお決めになったのではないことは、よくわかりました」

レイバーン公爵が震える息を吐き出す。彼は意を決したように言葉を続けた。

「ですがロレイン・コンプトンは、皇后になるなどとんでもない女なのでございます。陛下の名声に傷がつくばかりか、ヴァルブランドの国民も辱めを受けてしまうでしょう」

「そ、そうです！　我が国の王太子に婚約破棄された娘が皇后になるなど、それではあまりにも体裁が悪うございますっ！」

ファーレン公爵が勢い込んで言った。

ジェサミンが「ふむ」とでも言いたげに片方の眉を上げる。

「確かに、それについては少々困っておる」

「そうでございましょう！」

「そ、それでは――」

「マクリーシュ側には早急に、ロレインの悪評を帳消しにしてもらわねばならんなあ。ちょっと調べれば、ロレインが被害者だということはすぐにわかる」

ジェサミンがにやりと笑った。地獄を支配する悪魔というのは、きっとこんな顔をしているに違いない。

「俺のような立場の人間は、他国に関する詳しい情報をたやすく得ることができるのでな。サラという女が、王太子に近づいて男女の関係を持ったのであろう？」

「そ、そのようなことは決して……サラ様はまだ、雪のように無垢《むく》でいらっしゃいます」

ファーレン公爵は口ごもりながら弁解した。

「言い訳をしてこの問題をややこしくするのは構わんが。こちらは証人や証拠、押さえるべきところは押さえてある」

「……」

ファーレン公爵が、喉まで出かかった言葉をぐっと呑み込んだのがわかった。

（エライアスの無軌道ぶりには手を焼かされたけれど。まさか結婚前にそんなことになっていたなんて……）

それにしても、ヴァルブランドの情報収集能力には圧倒される。諸外国に大変な影響力を持っているのもうなずける話だ。

「いいか、どちらの国も面目を失わずに解決できる方法などないのだ。ロレインに罪がないことを、俺自身が明らかにしてもいいのだぞ？　そこをぐっとこらえて、寛大な心を持って対処してやろうと言うのだ。さっさと国に帰って、ロレインの名誉を回復するがいい」

レイバーン公爵は唇を嚙み、ジェサミンに太刀打ちできるはずがなかったことを思い知ったかのような顔をしている。

しかしファーレン公爵の方は、硬い声で言い返した。

「わ、和解金のご準備を整えております……！　それに、醜聞とは無縁で穢《けが》れを知らぬ候補者八名。いずれも我がマクリーシュに咲き誇る大輪の花でございます……っ！」

「はした金などいらん。我が帝国が本気で損害賠償を求めれば、お前たちの国は倒れるぞ」

ジェサミンの唇が皮肉っぽく歪んだ。

「だが、お前の希望通りに女どもには会ってやろう」

「ま、まことでございますか！」

ファーレン公爵の顔にみるみる生気が蘇った。

「ただし、少々条件を設ける」

ジェサミンが重々しい口調で言う。部屋の温度が一気に下がったように感じられ、ロレインは鳥肌が立った。

「じょ、条件でございますか。それは一体、どのような……」

レイバーン公爵が怪訝《けげん》な顔をする。ファーレン公爵が彼を押しのけ、一気にまくし立てた。

「ご安心ください陛下！　公爵令嬢のジリアンは才色兼備、その妹のライラはまだ一五歳ですが、将来とびきりの美人になることは確実でございます。侯爵令嬢のルシアは有能な上に献身的な性格で、ダニエラは知的な芸術肌。パトリシアは慈善活動に熱心で、マチルダは男並みの教育を受けております。シンシアは語学の才能があり、五つの言語を話せます。そしてなんといってもグレースは穏やかで謙虚、その上絶世の美女でございます！」

ファーレン公爵はどうだと言わんばかりの顔でジェサミンを見た。

「八名全員が不祥事とは無縁、もちろん婚約破棄歴もございません！」

「そういう細かいことを言いたいのではない。厳しい条件を課す必要があるなら、とっくの昔にしている」

低い声でそう言い、ジェサミンはため息をついた。

後宮入りするのに必要な条件は『結婚歴のない高位貴族の令嬢』であることのみ。婚約破棄や婚約解消などの過去は不問とされている。そうでなければ父は、ロレインに話を持ちかけてこなかっただろう。

ヴァルブランドが身辺調査能力に絶対の自信を持っていること、ジェサミンに五年も妃が見つからなかったことも関係しているが、一番大きな理由は『後宮の特殊性』だ。

正妃である皇后、二番目三番目の皇位の妃はともかくとして、もっとランクの低い妃や愛妾は多少の瑕疵《かし》があっても構わないとされている。

何十年も前の、ヴァルブランドに奴隷市場があった頃の名残らしい。当時の女性は貢物扱いで、一級品の美女であればそれでよかったのだ。

(つまり私も最低条件はクリアしていたのよね。ジェサミン様には愛妾すらいないから『お前を愛することはない』のひと言で追い返されると思い込んでいただけで……)

彼はその気になればどんな女性でも手に入れられるが、その気がないのだろうと思っていたのだ。

(マクリーシュは誰ひとりとして、私が送り返されることを疑わなかった。身分の低い妃や愛妾にすらなれないと思っていた。私やお父様も含めて……)

しかし、ロレインは皇后の役目を言い渡された。

サラにとってそれは、耐え難い屈辱だろう。エライアスは昼も夜も自分の妻となるサラのことばかり考えているので、なんとしてもロレインの代役を立てたいのだ。

(つまり、代わりのきく人間だと思われているわけで。ジェサミン様のことも、新しい女性で宥《なだ》められると思っているのよね。確かにさっきファーレン公爵が名前を出した令嬢たちは、全員典型的なマクリーシュ美人だけど)

ファーレン公爵が半分不安そうな、半分怒ったような顔で口を開いた。

「そ、それでは陛下、その条件とやらをお教えくださいませ。どのような条件でも、八名の娘たちのいずれかが合致するに違いありません！」

ファーレン公爵の不気味なほどの勢いは、そうであってほしい、そうでなくては困るという心情の表れだろう。

エライアスの最側近として次期宰相を目指しているのだから、上手く処理して己の価値を証明しなければならないのだ。

「いいだろう」

ジェサミンがうなずいた。

「俺の出す条件はただひとつ。俺に見つめられて、臆することなく立っていられるかどうかだ。騒がず、恐れず、最後まで淑女らしくあること。全員が失格となった時点で、即座に帰国してもらう」

そんなことなら、と安堵《あんど》したような顔でファーレン公爵が額の汗をぬぐう。

「要するに、気骨のある娘がお好みだということですな。気概があることは、大国の妃として何より重要ですし。ご安心ください、小国とはいえ我が国の令嬢は、誇り高くあるように教育されておるのです！」

ジェサミンがにやりと口元を歪めた。

「ほう、随分自信があるのだな。選りすぐりの娘たちを連れてきたことは確からしい。では、全員が条件に合致しなかったら——二度と候補者を出そうなどと思うなよ」

ジェサミンが醸し出す不穏な気配に気づいたのか、レイバーン公爵がファーレン公爵の方を向く。

「ま、待てファーレン」

「もちろんでございます！」

レイバーン公爵が止めるのより速く、ファーレン公爵が自信満々で答えた。

「すぐに呼んでこい」

ジェサミンの言葉にファーレン公爵が「はい！」と答え、慌ただしい足取りで謁見室を出ていった。レイバーン公爵がしぶしぶ後に続く。

「俺は女どもとはひと事も口をきかん。こんなくだらないことをしても無駄なだけだが、マクリーシュの連中は他にたいした戦略もあるまい。俺の意向に従うしか道はないことを思い知らせてやる」

ジェサミンが隣の玉座から手を伸ばしてきて、ロレインの手を強く握った。

「ファーレンとやらが八人の娘たちの長所を、自慢げに並べ立てていたが。お前ひとりで完璧に満たしているな」

「ジェサミン様……」

「しかし、皇后に求めるものは他にもある。一緒にいて心が浮き立つ女がいい。恐れ知らずで、俺を尻に敷くくらいの気概が欲しい。見るだけなら美しい花はいくらでもある。だが、手に取ろうとは思わん」

ロレインは頬が熱くなるのを感じた。感情を顔に出さない教育を受けているけれど、ジェサミンの前では制御ができなくなってきている。

「いくら選択肢が多かろうが、結果は同じだ。皇の狂戦士の集団に怯える程度の娘たちでは、三〇秒と持たん」

ジェサミンが鼻息を荒くする。彼がここまで迷いがなく、自信に満ちているのは、やはり理由があってのことなのだ。

「皇の狂戦士は、尋常ならざる力を持った戦士たちだ。見る者を不安にする危険な雰囲気、威圧感は主《あるじ》である俺に似ている。集団になると特にな。戦士たちの前で落ち着いた物腰や冷静さを保てた女は、ひとりもいなかったらしい」

「確かに皇の狂戦士の皆さんは、野性的で力強いオーラがありますものね……」

ロレインはため息をついた。

ジェサミンのそれは生まれながらに持っていた資質で、戦士たちは訓練によって身に付けたという違いはあるが、確かに彼らの雰囲気は似通っている。

（皇の狂戦士は、護衛や補佐で四六時中ジェサミン様の側にいるものね。彼の感情がどんなに高ぶっても、全員涼しい顔をしているし。オーラ耐性が高い人は、自分もオーラをまとうことができるようになる？　ということは、いつか私も……）

いやいやいや、とロレインは首を横に振った。まさか、それはないだろう。戦士たちのように特殊な訓練を受けているわけではないのだから。

ジェサミンのことだから、マクリーシュが代わりの娘を差し出してくることは予測していたはず。

ケルグは二名の公爵と八名の令嬢たちと一緒に戻ってきた。一週間弱でヴァルブランドへ行くための最短ルートを使わせてやったわけだ。

（時間短縮や監視の意味もあったでしょうけれど、真の狙いは令嬢たちの選別だったのね……）

ロレインのオーラ耐性が『マクリーシュ人だから』ではなく、ロレイン独自のものであるのか確認する意味もあったのだろう。

必要なことはなんでもやる、そういうところはいかにもジェサミンらしい。

（ケルグさんの前で盛大に取り乱したサラは、当然失格ということになる……のかな？　まさかあの子が、ジェサミン様の後宮に入りたがるはずがないけれど）

ロレインは自分の考えの馬鹿馬鹿しさに苦笑した。

「ジェサミン様、ふと思ったのですが。皇の狂戦士の皆さんを各国に派遣すれば、妃としての資質を持っている娘を探せたのではないですか？」

「現実的ではないな。いくら皇の狂戦士でも、ひとりひとりに俺ほど破壊力のあるオーラがあるわけではない。マクリーシュには集団で送り込んだが、そうやすやすとできることではないのだ。精鋭というのは、簡単に増やせるものではないからな」

そんな貴重な戦士たちを三〇名も父のために残してくれたのかと思うと、ありがたさで心が温かくなる。

ロレインがお礼を言おうとしたとき、扉の向こうが騒がしくなった。

第五章 皇后、格の違いを見せつけ皇帝と絆《きずな》を深める

「来たな」

ジェサミンの手が離れていく。ロレインは深呼吸をして姿勢を正した。

マクリーシュから来た候補者八名も、いまごろ深呼吸をして心を落ち着かせているのではないだろうか。扉が開いたら何が待ち受けているのかも知らずに。

(私も後宮の鐘の広場で、何も知らずにジェサミン様に会ったんだった……)

玉座は踏み段を備えた高台にあるので、令嬢たちは離れた位置からジェサミンを見ることになる。鐘の広場で真正面からジェサミンと向き合ったロレインとは違って。

ついに扉が開き、令嬢たちが姿を現した。

遠目に見ても美女揃いだ。そこに議論の余地はなかった。

染みひとつない白い肌、淡い色の髪、色素の薄い瞳。全員が美しいドレスを身にまとい、宝石で全身を飾っている。他の候補者に見劣りしたくないという気持ちの表れだろう。

高台の前に敷かれた絨毯の上が、花のように美しい娘たちで埋め尽くされた。彼女たちは深々と膝を折って挨拶をした。

ジェサミンがすっと立ち上がる。きっとオーラを迸《ほとばし》らせるつもりなのだ。

ロレインも立ち上がって、ジェサミンの方へ身を寄せた。毎晩の『練習』のおかげで、彼のオーラにはすっかり慣れている。

(抱きしめ合うと、ゼロ距離からオーラが流れ込んでくるんだもの……)

練習のときのジェサミンは、機嫌がいいどころではない。高揚、興奮、熱い情熱といった燃えるような感情がダダ漏れになっている。ロレインの耐性がさらに上がって当然だ。

「よく来た」

そう言った次の瞬間、ジェサミンは一気にオーラを全開にした。

(謁見室の空気が変わった!)

強烈すぎるオーラが辺りに漂い、充満している。

まつげをぱちぱちとさせたり、艶然と微笑んだりしていた娘たちの表情が乱れた。

ジェサミンの瞳——太陽の光を封じ込めたような黄金の瞳——に全身を貫かれた彼女たちが、恐怖の塊が喉の奥からせり上がってきたような表情になった。

ジェサミンはそれでなくとも周囲の人間より背が高い。全身が筋肉でできているようにたくましく、カリスマ性とパワーがみなぎり、荒々しく硬派な雰囲気だ。

軟弱な雰囲気のあるエライアスとはまったく対照的で、粗野で獰猛で残忍だという噂通りの外見なのだ。

そんな怪物が高台に立ち、自分たちを睥睨《へいげい》しているのだから、肌がぴりぴりするほど怖いはず。

それに加えて、オーラが無数の火花のように炸裂《さくれつ》している。

ジェサミンの感情の種類は、ロレインと出会った日は『喜び』だったそうだが——いまの彼は『怒り』を感じているに違いない。

令嬢たちに襲い掛かるオーラは、かなり強烈なものになっているはず。実際に、彼女たちの顔は蒼白《そうはく》になっている。玉座からはそれなりの距離があるにもかかわらず。

ジリアンが一歩後ろへしりぞく。ライラがすすり泣きを漏らした。ルシアは震えながら二の腕をさすり、ダニエラが悲鳴を上げる。

後宮の管理人であるティオンが、やれやれと肩をすくめた。

後宮は改装中とはいえ、令嬢への応対は彼の仕事のひとつ。彼女たちに続いて謁見室に入ってきて、すぐ後ろに控えていたのだ。

「ひいい!」

「こ、怖い……っ!」

パトリシアとマチルダが慎みを忘れて、左右からティオンにしがみつく。シンシアは不自然に身体を仰《の》け反らせ、グレースが髪を掻きむしった。

「ああ……」

「もう駄目……」

全員がよろめきながら絨毯の上に倒れた。

それはごく短い時間の出来事だった。謁見室内で立っている女性は、ただひとりロレインだけとなった。

にわかに押し寄せた雷雲のごときオーラは、令嬢たちのすぐ後ろに控えている二人の公爵にも影響を及ぼしていた。恐怖に胸が締めつけられて、息をするのも苦しそうだ。

ファーレン公爵は、思い描いていた甘い筋書きが無惨に打ち砕かれたことを知って、茫《ぼう》然《ぜん》自失としている。レイバーン公爵も衝撃を受けているが、どこか腑《ふ》に落ちたような顔つきでもあった。

「ジェサミン様」

ロレインはまだふつふつとオーラを発散させているジェサミンに、そっと手で触れた。もう十分だという思いを込めて。

彼はふんと鼻を鳴らし、比類なきオーラを弱めてくれた。冥府を思わせるほど重くなっていた部屋の空気が、通常に近いものに戻っていく。

ロレインは「ありがとうございます」と微笑み、それから玉座の近くにある紐をぐいと引っ張った。

振動が伝うと繋がっているベルが鳴る仕組みで、待機している使用人を呼び出すことができる。すぐに扉が開き、三人の女官と白衣の医師たちが入ってきた。

ロレインは決然とした顔で高台の踏み段を下りた。

最年少のライラの側にひざまずく。そして気を失っている彼女の脈を測った。幸いすぐに意識が戻り、ライラは焦点の合わない目をロレインに向けた。

「な、なにが……あったんですか……?」

「あなたは失神してしまったの。お水を飲む？　気分が落ち着くわよ」

「信じられない……。失神なんて、これまで一度もしたことがなかったのに……」

声を震わせるライラに水の入ったグラスを渡し、ロレインは立ち上がろうと必死でもがくマチルダに目を向けた。

「すぐに立ち上がろうとしたら転んでしまうわ。誰かの手を借りないと」

マチルダの顔が真っ赤になる。彼女は唇を噛んで、女官のベラに助けを求めた。

ルシアがひどく動揺した様子で膝を抱えている。ジリアンは怯えと恥辱の表情だ。

「訳がわからないわ……」

グレースがあえぐようにつぶやく。ロレインは手を伸ばして、彼女の手を取った。

「ジェサミン様はオーラが強くていらっしゃるの。そのせいで恐怖を感じたのね」

グレースがぼんやりとした顔で首をかしげた。

「オーラ?」

「心臓が激しく打って、喉がからからになったでしょう。これまで感じたことのないほど強いオーラに、あなたの体が激しく反応してしまったのよ。リン、こっちにもお水を持ってきてくれる？」

ロレインは女官や医師たちと共に、令嬢たちの体調確認にあたった。それはロレインにとってごく自然な行為だった。

（衛兵に頼んで、分厚い絨毯を敷いてもらったから……誰も足を挫《くじ》いたり、頭を打ったりしなくてよかった）

ジェサミンが近くまでやってきた。令嬢たちが一斉に悲鳴を上げる。彼の妃になりたいという願望など、空の彼方に飛んでいってしまったらしい。

「さて、ファーレン公爵。この後のことは合意済みだったな？」

ジェサミンの低い声が謁見室に響き渡った。

「一時間以内に立ち去ってもらおう。聞く必要のあることはもうすべて聞いた。二度と同じことを言いに来るな」

厳しい口調で言われ、ファーレン公爵が白目を剝いてよろめく。レイバーン公爵が咄嗟《とっさ》に手を伸ばし、彼の体を支えた。

「こんな……こんなことになるとは……」

ファーレン公爵は、想定とかけ離れた展開に狼狽《うろた》えている。

「皇后に免じて、今日の無礼な言葉の数々は聞き捨ててやる。さっさと帰ってロレインの名誉を回復しろ。寛大な心で、行きと同じく最短ルートを使わせてやろうではないか。マクリーシュの国王と王太子に、議論の余地も選択の余地もないことを伝えるがいい」

ジェサミンはよどみなく続けた。

「ひとたび正妃にしたからには、俺は死ぬまでロレインと添い遂げる!」

きっぱりと言い切って、ジェサミンは令嬢たちに冷たい視線を投げつけた。

「ここへ来たのは時間の無駄だったようだな。お前たちがやるべきことは二つだ。まず皇后に謝罪と感謝を述べる。その上で、あの扉から出ていく」

容赦のない言葉に、令嬢たちは身を縮めた。

ジェサミンに気に入られるに違いないという甘い期待があっさりと裏切られ、大恥をかいたばかりだ。事実を受け入れるのが精いっぱいだろう。

令嬢たちは狼狽えて目を伏せたり、肩身の狭そうな顔つきになったり、きまり悪そうにもじもじしたりしている。

一五歳のライラ以外は、マクリーシュの社交界で何度も会ったことがある。ロレインが婚約破棄された後は、顔を合わせてもことごとく無視されたけれど。

王太子妃となるサラに媚《こび》を売らないまでも、対立しなければ得るものは大きい。彼女たちがそう考えたことは想像に難くない。

自分の周りから潮が引くように人が消えたことについて、ロレインは深刻に考えないようにしてきた。結局のところ、その程度の関係でしかなかったのだ。

「ロレイン様、私――」

ライラがよろよろと立ち上がった。ロレインは慌てて、ふらつく彼女の体を支えた。

「私、自分が恥ずかしいです。ロレイン様は、家族の話とはまったく違いました。とても優しくて、尊敬に値するお方です。介抱してくださって、本当にありがとうございます」

残りの令嬢たちが恥じ入ったような表情に変わる。ライラの言葉が耳に痛かったのだろう。

「……ロレイン様。私も、自分の軽率さを謝りたいです」

ライラの姉のジリアンが言った。「私も」という声がいくつも続く。全員が立ち上がり、口々に謝罪の言葉を述べ、それから深々と頭を下げた。

ロレインは二、三回深呼吸をした。誰も顔を上げようとしないので「頭を上げなさい」と優しく声をかける。

「謝罪は受け入れました。いつの日か、もう少し落ち着いて会話ができる状況になったら……また話をしましょう。マクリーシュまでの道中の無事を祈ります」

穏やかに微笑んでみせる。

タイミングを見計らったように、ティオンが前に出てきた。

「それではご令嬢方は扉の外へ。皇后様のご厚意で、規定通りの慰労品が用意してあります。私についてきてください」

慰労品の準備は、ロレインが衛兵に伝えていた要望のひとつだ。

後宮入りできずに帰っていく娘たちには、山ほどの土産を持たせるのが通例となっている。文字通り労《ねぎら》いの意味もあるし、ヴァルブランドの富や技術力を諸外国に見せつけるチャンスでもある。

前者と後者、どちらの比重が大きいかと言われると、後者だとロレインはためらわずに答える。

ティオンに導かれて、令嬢たちが扉の向こうに消えていく。ファーレン公爵もすごすごと引き下がった。最後に出ていくレイバーン公爵の顔には、かなりの疲労感が浮かんでいた。

足音や話し声、雑多な音が遠ざかっていく。

「さてロレイン。残念だが、俺たちはここから別行動だ。ゆっくり休みたいが、やらねばならんことがあってな。夕飯はひとりで済ませてくれ」

ジェサミンがため息を漏らす。

ロレインに異存はなかったので、微笑みながら「はい」と答えた。

皇帝であるジェサミンはいつも予定が詰まっている。今日のスケジュールもしばらく前から決まっていただろうに、マクリーシュからの一行のために変更したはず。きっと、今日中に終わらせなければならない仕事が残っているのだろう。

「もちろん、あとで合流するがな?」

ジェサミンはにやりと笑い、周囲に聞かれないように声を落とした。

「何しろ俺たちには『練習』があるからな。疲れただろうが、寝ないで待っていろ」

彼の大きくて温かい手が、ロレインの頬に触れる。

「またな」

言うが早いか、ジェサミンは踵を返して行ってしまった。胸をどきどきさせるロレインを残して。

女官たちと自室に戻り、ひとりで夕食をとった。給仕役の女官たちが話し相手になってくれるので、部屋がひっそりと静まり返るということはない。

スパイス入りのお茶を飲み、ほっとひと息つく。女官たちが下がってしまうと、ロレインは脱力感にとらわれてしまった。

リラックスしているというのとも違う。心地よいというよりは、けだるい感じがした。

「めまぐるしい日々だったなあ……」

婚約破棄の前後の人生の変わりっぷりよりも、ジェサミンと出会う前と後での違いの方が凄《すさ》まじい。

エライアスを愛していたわけではないけれど、心が傷ついたことには変わりなく。一〇年間の王太子妃教育が無駄になり、持っていた夢はすべて死に絶えてしまった。

一か月と少し前にヴァルブランドに向けて出発したが、楽観的な期待など何ひとつ持ち合わせていなかった。

「ジェサミン様は、私をあっさりと過去から解放してくれた。人生をひっくり返してくれた……」

人生をひっくり返されたのは、エライアスやサラも同じだ。

いまから一週間後に、代表団がどんな答えを持ち帰ってくるかと思うと夜も眠れず、悪夢に悩まされているに違いない。とてもではないが、結婚式を間近に控えた幸せいっぱいのカップルには見えないはず。

「私を皇后から引きずり下ろせなかったと知ったら、あの二人はどんなにショックを受けるかな」

きっとあの小さな国には波瀾《はらん》が起きるだろう。しかし誰もジェサミンに対抗できず、彼のもたらす影響から逃れることもできない。

エライアスもサラも、こんなに手痛いしっぺ返しは受けたことがないはず。でも、ロレインの胸に喜びはなかった。

いまはまだ呆然とした気持ちが勝《まさ》っている。そういった感情は後から来るのかもしれない、とロレインはぼんやりと窓の外を眺めた。

それから何度も吐息を漏らした。

ぼんやりする時間があったら、本でも読むべきだと思う。覚えるべきことは山ほどあるのだ。でも頭の回転が鈍ってしまって、何もすることができないでいる。

ジェサミンが部屋に入ってきたときも、すぐに反応することができなかった。彼はロレインの呆けた顔を見て「酒を飲むぞ」と言った。

「お、お酒ですか?」

「そうだ。感情を吐き出したいときは、酒を飲むと相場が決まっている」

ジェサミンは初めて会った祭りの日と同じ、白いシャツと黒いスラックスという姿だった。右手にボトル、左手にグラスを二つ持っている。

ジェサミンが真横に座った。ぽんとコルクが抜ける音がして、すぐにグラスが手に押しつけられた。

「飲め」

突然の展開に戸惑っていると、もう一度「飲め」と勧められた。

「うまいぞ。それに、悪酔いしにくい酒だ」

「は、はい」

酔いやすい自覚があるので、ロレインは用心深くお酒を飲んだ。匂いで最高級品だとわかっていたが、癖がなくて飲みやすい。

「さっきのお前は、最初から最後まで冷静だったな。皇后の名に恥じない行動を取った。神経がささくれ立っていてもおかしくない場面だったのに」

ジェサミンはあっという間にグラスの酒を飲み干し、手酌でもう一杯注いだ。

「当然のことですもの」

ロレインは小さくつぶやいて、またお酒を飲んだ。

「立派だったぞ。お前の冷静さは、誰にも負けない長所だ。ヴァルブランドの皇后にふさわしい」

ジェサミンはグラスを口に運び「しかしだ」と続ける。

「お前だって生身の人間。さっきの娘たちよりかなり大人びて見えるが、まだ一八歳だ。いくら感情を隠すことに慣れていても、自分に鞭《むち》打っている部分もあるんじゃないか？」

「私……」

ロレインは思わず口ごもった。返事ができなくて、ごまかすようにグラスに口をつける。

残り少なくなったグラスに、ジェサミンが透明の酒を注いでくれた。

「一番若いライラはともかく、残りの女たちからは冷たくされたんだろう。辛い、悔しいという言葉だけでは、到底表現しきれない感情があったはずだ。冷たい態度を取って、嫌味のひとつも言ってやりたかっただろうに」

心臓が一瞬止まったような気がした。

ジェサミンに指摘されたことは、まさしくその通りだった。

でも、自分の希望や願望は重要ではない。だから不要な感情は、頭から締め出す。もしくは心の奥に仕舞い込む。ずっとそうやってきたから、吐き出し方すら忘れていた。

ジェサミンがにやりと笑う。

「そこで俺は思ったわけだ。本音を晒け出させてやるのは、夫たる俺の役目だろうと！」

ロレインの心臓が、力強いリズムを刻み始めた。気持ちが落ち着かなくなって、お酒をもうひと口飲む。

いつも落ち着き払っているせいで、エライアスから『気取り屋』とか『高飛車』とか言われ続けてきた。父以外は、静かな笑みの下のロレインを知ろうともしなかったのに。

「というわけで、今日の『練習』は酔って素直になることだ。酒が入った方が勇気が出せるのは、もうわかっているしな」

ジェサミンにじっと見つめられ、頭がくらくらする。酔いが回ったんだろうか。

マクリーシュでもヴァルブランドでも、成人年齢は一八歳。それでも公式の場だろうがプライベートだろうが、常に未来の王太子妃として振る舞う義務があったから、後先考えずにお酒を飲んだことはない。

婚約破棄の後は節制する必要はなくなったが、泥酔などしてエライアスとサラの耳に入ったらと思うと、とてもではないが口にする気になれなかった。

「いいか。夫婦が二人っきりのときは、分別のある振る舞いなどせんでいいのだ。ほら、もっと飲め。鬱積している感情を、思いっきり晒け出してみろ」

「え、あの……はい」

ジェサミンの勢いに飲み込まれ、ロレインは再びグラスをぐいとあおった。

「酔っぱらって、いつものお前とは似ても似つかない発言をしても驚かんぞ。笑いたければ笑い、泣きたければ泣けばいい。ハンカチ代わりに胸を貸してやる。このシャツは古いがよく水を吸う。汚しても誰も何も言わんしな」

「ジェサミン様……」

頬が熱を帯びてきた。誰かの言葉でこんなに嬉しかったのは、いつが最後だっただろう。

ジェサミンの大きな手が、ロレインの髪を撫でてくれた。お酒の効果も相まって、肩からふっと力が抜ける。

さっき令嬢たちに見せた取り澄ました笑みではなく、心からの笑みを浮かべて、ロレインは二杯目のお酒を飲み干した。

空になったグラスに、ジェサミンが黙ってお酒を注いでくれる。

(夫と二人っきりのときは、本音を晒け出してもいいんだ……)

それはロレインには思いもよらない、新鮮な発想だった。

冷静さは自分を守る鎧《よろい》だった。マクリーシュでは、本音を見抜かれないように注意しながら生きてきた。

(でも、ジェサミン様の前でなら……冷静さを失ってもいいんだ)

胸がどきどきして、酔いが猛烈な勢いで全身を駆け巡っているのがわかる。厳しく教育された、王家の花嫁にふさわしい娘の鎧が剝がれ落ちていく。

ロレインはお酒をひと口飲んだ。

「エライアスとは、ろくな思い出がなくて……」

吐息をついて、もうひと口飲む。

「二人とも八歳で、好むと好まざるとにかかわらず婚約させられたし。あの人は決められた道筋を歩くのが大嫌い。私は最初から、理想の結婚相手じゃなかった」

ロレインは宙を見ながら「でも」と続けた。

「いずれ状況が変わると思ってて。私が国の助けになれる知性を身に付けて、国に献身的に尽くせば、恋愛感情で繫がらなくてもやっていけるはずだって」

ジェサミンの大きな手が、ロレインの肩を摑んだ。お酒でうっとりした気分になっていたので、抵抗せずに彼に身体をすり寄せる。

「愚かな夢を抱いてたなあ……」

涙がこみ上げ、目がちくちくした。

「そりゃ、私は女としての魅力が乏しいですよ。男の人を引きつける能力がないのかもしれない。でも全部の責任が私にあるなんて、そんなふうに責められるいわれはないと思う……」

ロレインはジェサミンの肩に顔をうずめた。

「国王様も王妃様も、私じゃ孫が生まれる希望がないからって。王族の務めに関しての教育よりも心構えよりも、そっちの方が重要なんだって。エライアスはサラしか愛せないから、どうか勘弁してやってほしいって。冗談だって言われるのをちょっとだけ待ったけど、二人とも大真面目なままで」

ロレインはくすくす笑った。一〇年間の努力をにべもなく否定されたときも、笑うしかないような気持ちだった。

「社交界の反応は容赦なかった。婚約破棄されたことが知れ渡るやいなや、誰もが私を無視した……」

ジェサミンと接しているところからオーラが流れ込んでくる。まったく恐怖を感じないどころか、体がふわふわして気持ちがいい。

「悔しかった。腹立たしかった。そういう扱いをしてくる人たちが憎かった。エライアスの裏切りなんて、別になんとも思ってない。私だってあんな人を求めてなかった。でも王太子妃になるためだけに生きてきたから、心にぽっかり開いた穴が大きすぎた……」

ジェサミンのオーラが心の痛みを追い払ってくれる。だから思っていることをすべて言える。

「どこへ行っても屈辱的な経験をしたけれど、泣くまいと誓ったの。みっともない振る舞

いをしたらサラの思うつぼだもの」

体の中が温かかった。いつにない速さでお酒を飲んだこともあるが、ジェサミンのオーラが励ましてくれているからに違いない。

「領地に引きこもって、一生独身でも幸せになれる方法を探そうって思ってて……。容色は衰えるけど、知性は色あせない。未来は薔薇《ばら》色じゃないだろうけど、必要としてくれる人がいる限り、一生懸命働こうって」

ロレインは顔を上げて、ジェサミンの彫りの深い顔を見つめた。心のままに行動して、彼の頰を両手で包み込む。

「そんな私に、まさか奇跡が起こるなんて。これほど素晴らしく、これほど影響力の強い奇跡が」

「嬉しいか?」

ジェサミンはにやりと笑い、ぐっと顔を近づけてきた。

ロレインは即座にうなずき、嬉しいという気持ちを示すために笑おうとした。それなのに、みるみるうちに目から涙が溢《あふ》れ出した。

濡《ぬ》れた頰にジェサミンの指が触れる。「なぜ泣く」と尋ねられて、ロレインは鼻をすすり上げた。

「き、奇跡なんか起こらないと思ってたから。誰かに愛されたり、誰かを愛したりすることはないと思ってたから」

ジェサミンは真面目な顔になってロレインを見ている。ぐいと肩を摑まれて抱き寄せられたかと思うと、耳元で囁かれた。

「要するに、俺を好きになったということだな」

満足げな声だった。

強烈なオーラが流れ込んできて、最高に気持ちがよかった。ジェサミンの力強い腕に包まれて、思う存分涙を流す。

涙が止まるのを辛抱強く待ってくれていたジェサミンが、ぼそりとつぶやいた。

「ああ、くそ。早くお前の父親に挨拶に行かんと、我慢が利かなくなってしまう」

思いもよらないことを言われて、ロレインは体を起こしてぱちぱちと瞬きをした。

「マクリーシュまで、父に挨拶に行ってくださるのですか……？」

「当たり前だろうが。俺の正妃のただひとりの家族だぞ」

「だってジェサミン様、すごくお忙しいのに……」

「阿呆、皇后の実家を訪ねること以上に大切な仕事などない。とはいえ、前々から決まっていた予定があるからな。なんとか調整して、時間を捻出しようとしているところだ」

ジェサミンがふんと鼻を鳴らした。

「お前に手を出すのは、筋を通してからと決めている。お前の父親は、娘を嫁にやる覚悟を決めて後宮に送り出したわけではないだろう」

「ジェサミン様……」

また涙が溢れて、視界が曇った。

二週間前に初めて出会ったこの人は、いまやロレインのことを誰よりも理解してくれている。

「嬉しい……。皇后になることに迷いはなくても、父との埋めがたい距離だけは寂しくて……」

「そう遠くない未来に、いつでも気軽に里帰りできるようにしてやる。その責任は俺にあるからな」

ジェサミンの男らしい体にもう一度抱きついて、ロレインは泣いた。でも、長い時間ではなかった。オーラによる安心感と一体感、彼の言葉がもたらした幸福感に身をゆだねる。

守られていることが嬉しい。きっともう二度と疎外感を味わうことはないだろう。

「幸せすぎて、気持ちよすぎて、寝ちゃいそうです……」

「おう、寝ろ寝ろ。伊達《だて》に鍛えてないからな、一晩中抱きしめていてやる」

ジェサミンのたくましい胸板、温かで力強い手。背中をぽんぽんと叩かれて、ロレインは目を閉じた。

「夢みたい……」

飲みすぎて完全に朦朧《もうろう》としている。こんなことはもちろん初めてで——とても恥ずかしいけれど、最高に幸せだった。

「夢じゃない、現実だ」

ジェサミンの優しい声がする。彼の腕の中にしっかり抱かれ、規則正しい心臓の鼓動を聞くのは、最高級の寝具よりうっとりする。

ロレインは小さく微笑んで、深い眠りに身をゆだねた。

第六章 皇后、天使たちに出会う

それはこれまでに経験したことのないほど満ち足りた眠りだった。体中が圧倒的な幸福感に満たされている。

（うわあ綺麗。天井に黄金色の光が反射して……なんてまぶしい光……光？）

ロレインは弾《はじ》かれたように身を起こした。

「え、あ、う、ええ？」

起き抜けのせいで舌がもつれる。心臓が胸から飛び出さんばかりに、激しく鼓動を刻んでいた。

「起きたか」

ジェサミンの声にぎょっとして目を向けると、やはり寝起きの彼がいた。

琥珀色の髪が盛大に乱れている。白いシャツの裾がめくれ上がっていて、鍛えられたお腹が丸見えだ。制御しきれないオーラがにじみ出て、空に輝く太陽のようにまぶしい。

「気分はどうだ？」

肘枕をついたジェサミンが、にやりと笑いながらロレインを見上げてくる。

「なかなか……複雑です。でも、あの、なんと言いますか。とてもいい感じです……」

ロレインは手で顔を押さえながら答えた。申し訳なさもあるが、恥ずかしさで全身が熱くなり、体の内側から溶けてしまいそうだ。

ジェサミンが声を上げて笑う。

「昨晩のお前は可愛かったぞ。途中で起きては、やれ水が飲みたいだのクッションを持ってこいだの」

ロレインは指の隙間からジェサミンを見ながら「ううう」と唸った。

「も、申し訳ありません……」

「なんの。抑えこんできた我儘が一気に爆発したにしては、ささやかすぎる願いばかりだった。俺にしがみついて『一度でいいから寝坊がしてみたい』などと言うものだから、不憫《ふびん》すぎて身悶《もだ》えしたぞ」

ジェサミンは気を悪くした様子もない。それどころか嬉々《きき》としている。

二人して分厚い絨毯の上に倒れ込んで、いつしか眠りに落ちていた。ジェサミンの言う通り何度か目が覚めたが、どうしても離れたくなくて。

彼の体の上に子どもみたいに横たわったり、たくましい背中に手を回したりして、とうとう朝までぴったりくっついて眠ってしまったのだ。

時計の時刻は、ロレインがいつも起床する時間をとっくに過ぎていた。間違いなく寝坊だ。

（マクリーシュでは、非の打ちどころのない生活態度を貫いてきたのに……。でも、すご

く心が軽くなってる）

ジェサミンはロレインから、いとも簡単に自制心を奪い去ってしまう。すっかり酔いはさめたが、指の隙間から見えるたくましい体に目が釘付けで、頭が沸騰していた。正常な思考力などあるはずもない。

ジェサミンが起き上がり、ロレインの手首を優しく掴んだ。そのまま引っ張られ、隠していた顔があらわになる。

「寝坊をしたことがなかったのか？」

じっと顔を覗き込まれ、ロレインは彼の金色のまなざしを見返した。

「えーっと……はい。王太子妃になる娘は、どんなささいな間違いもしでかしてはならない……先生方が、そういった教育方針だったので」

「そいつらはどうかしているな」

ジェサミンが呆れたように言った。

「俺ですら体調次第では寝坊するぞ」

がしがしと頭を掻きむしり、ジェサミンが目を細める。

「お前は間違いなく『いけないこと』をする経験が足りない。前回ルールを破ったのがいつだったか、思い出せるか？」

少し考えて、ロレインは首を左右に振った。いつだったかまったく思い出せない。

「多分、一〇年以上前だとは思うのですが」

「ふーむ。とりあえず酒は毎晩飲ませるとして、他にどんな『いけないこと』を教え込むか……」

ジェサミンが含み笑いをする。

「何しろ一〇年分のストレスだからな。いい発散方法を考えてやるから、楽しみにしていろ」

「はい。ちょっと怖いけど、楽しみです」

ロレインは正直に答えた。不安はあるけれど、大いに興味をそそられる。

ジェサミンの周囲で、なんでも自分の思い通りにする人特有の自信がオーラとなって輝いている。でも彼には、おごり高ぶって人を見下すようなところはない。

（豪放磊落《らいらく》っていうのかな。度量が大きくて、小さなことにこだわらない。人間味があって、心がすごく温かい）

ジェサミンのためなら火の中水の中という、腹心の部下がたくさんいるというのもうなずける話だ。ロレインも彼の前でなら、何度でも心からの笑顔になれる。

「よし、とりあえず朝飯だ。ベラたちを呼ぶとするか」

「私たち、朝まで二人っきりで……。みんな、何もなかったと言っても信じてくれませんよね……」

急に現実が襲ってきて、ロレインは気まずさと恥ずかしさの入り混じった奇妙な感覚にとらわれた。

「女官には正直に言えばいい。ティオンは当然大騒ぎするだろうが、別にそれで困るわけではない。すでに夫婦なのだし、お前の父親に挨拶を済ませるまで俺が我慢しているだけの話だ。じきに結ばれるのだから、誤差でしかない」

ジェサミンがひょいと肩をすくめた。

二人して立ち上がり、身だしなみを整える。ドレスはすっかり皺くちゃだ。乱れた髪を、ジェサミンが手櫛《てぐし》で梳いてくれた。

彼のシャツのボタンが外れていたので、お返しにロレインがはめてあげた。

いちゃいちゃしている、という感じだ。とてもむず痒《がゆ》いのだが、心が満たされるのが不思議だった。

女官たちを呼ぶための紐にジェサミンが手を伸ばす。次の瞬間、窓の外から静寂を切り裂く大声が聞こえた。

「わ、若様方！　風邪が治ったばかりで走ってはいけませんっ！」

「カル様、シスト様、エイブ様、お待ちください！　お兄様に叱られてしまいますよっ!!」

声の主たちが焦っているのがわかる。ロレインは慌てて窓の外を見た。三人の子どもたちが、すごい勢いで庭を走っているのが見えた。

「ジェサミン様の弟君！」

ロレインは思わず叫んだ。

すっかり仲良くなった四人の令嬢たちの言葉を思い出す。

『陛下の三人の弟君は、まだお小さいの。先代の皇帝陛下は、正妃様を失ってから長い間悲しみに沈んでいらっしゃったから』

『先代様の晩年にようやく、身分の低い妃にお手がついたのよね』

『なんと三つ子ちゃんなの。信じられないくらい可愛いわよ！』

『でも、全員小さく生まれたから体が弱くて。お母様の身分も低いし、次の後継者にするには不安があるのよね』

三人の子どもたちは何から何までそっくりだった。髪は艶やかな琥珀色で、きらきらと輝く目は光の具合で金色に見える。

どことなくジェサミンに似ているのは、顔立ちや髪と目の色が父親譲りだからだろう。

（か、可愛い！）

ロレインはひと目で心臓を鷲掴みにされてしまった。

三つ子は庭を好き勝手に飛び跳ね、塀によじ登ったり、休憩用のあずま屋の階段を一段ずつジャンプしながら下りたりと、お付きの女性たちをはらはらさせている。

小さなエネルギーの塊である三人に対して、守り役が二人では明らかに手が足りていない。

「恐るべきいたずらっ子たちめ。また守り役をダウンさせたか」

ジェサミンはそう言いながら、両開き窓を大きく開いた。

窓枠に手を突いて肩と腕に力を込めたと思ったら、彼は軽々と己の巨体を持ち上げ、窓の向こうにひらりと飛び降りた。

いくら一階とはいえ、びっくりしてロレインの心臓の鼓動が乱れる。

「来い、ロレイン。誰かが怪我をする前に三つ子を止めなければ」

ジェサミンが窓の外で両手を広げている。この部屋には、庭に出るための掃き出し窓はない。

「そこの椅子を持ってきて、踏み台代わりにするんだ。それほど難しいことじゃない」

「は、はい」

ロレインは長い間抑えつけていた冒険心が目を覚ますのを感じた。

どう考えても『いけないこと』だし、お行儀が悪すぎるけれど——優等生の言動しかしてこなかったいままでの自分と、さよならしたい気分だった。

急いで椅子を窓辺に寄せる。その上に立つときは胸がどきどきした。窓枠に足をかけて身を乗り出すと、ジェサミンがしっかり抱きしめてくれる。彼はロレインを抱えたまま、大股でずんずんと歩いた。

ここは壁で囲まれた小さな庭園で、皇族のプライベートエリアだ。ジェサミンは三つ子の近くまで来ると、ロレインを芝生の上に立たせた。そしてすうっと息を吸い込む。

「カル、シスト、エイブ！　風邪が治ったばかりで無茶をしてはいけないと、あれほど言っただろうがっ！」

三つ子が申し合わせたように動きを止めた。そして同時にぱっと顔を輝かせる。

「「兄さま！」」

ジェサミンが芝生にしゃがみ込んで、突進してきた三つ子を大きな胸で受け止めた。

「僕たちいい子にしてたよ」

「でも、もう寝るのはたくさん」

「うん。あきちゃった」

「朝の冷えた空気はお前たちの体に良くないんだ。咳《せき》が出て苦しい思いをするのは嫌だろう？」

ジェサミンの声から、心から弟たちの身を案じていることが伝わってくる。しかし三つ子は「うーん」と不満そうな顔をした。兄さまはちっともわかってない、とでも言いたげだ。

三人とも、幼いながら強情そうな雰囲気を漂わせている。そんなところもジェサミンにそっくりだ。

「お姉さん、誰？」

三つのそっくりな顔がロレインを見上げてくる。すぐに芝生に膝をついて、自分の弟になった子どもたちに微笑みかけた。

「はじめまして、私はロレイン――」

「うわあ！　お嫁さんだっ！」

ひとりが興奮気味の声を上げた。

「兄さまと結婚したんだよね」

「そうだよ、みんなが言ってたもん。いい人が見つかったって」

残りの二人もわくわくした顔つきになる。

「「かわいいね」」

三つ子がロレインを囲むように身を寄せてきた。さっきまでしがみついていたジェサミンのことは、もう目に入っていないらしい。

「そ、そう？　ドレスも皺くちゃだし、髪もはねてるし。言いにくいけど、まだ顔も洗ってないし……」

嬉しそうにスキップしながら、三つ子はロレインの周囲をひと巡りした。

「僕はカル、五歳だよ。三人の中で一番スキップがじょうずなんだ。お姉さん、ボール遊びはできる？」

「ど、どうかしら。あんまりやったことがないから……」

「僕はシスト。お姉さん、石は好き？　僕の部屋に変わった形の石がいっぱいあるんだけど、見る？」

「ぜひ見てみたいわ」

「僕はエイブだよ。そうだ、僕が作ったお話を聞かせてあげる。デールっていうトカゲが出てくる話なんだ」

「わあ、すごく面白そう」

ロレインは熱心に三つ子の話を聞いた。五歳にしては体が小さいし、ほっそりしているけれど、元気いっぱいで男の子らしい。

「ひと目で惚れ込んだか。血筋のなせる業だな……」

三つ子にぎゅうっと抱きつかれているロレインを見ながら、ジェサミンが深々とため息をついた。

「くっつきすぎだぞ、カル」

ジェサミンが唇の端に笑みを浮かべながら、ロレインに真正面から抱きついていた子を抱き上げた。

「ロレイン。こいつが三つ子の一番上の、カルだ。三人の中で最も運動神経がいい」

「大きくなったら、兄さまの戦士になるんだ」

カルが見せたとびきりの笑顔が愛らしすぎて、ロレインは頭がくらくらした。

ジェサミンがカルに頬ずりする。カルはきゃっきゃと歓声を上げた。兄弟の仲の良い姿に、胸がきゅんとしてしまう。

「兄さま、僕も抱っこ」

ロレインのドレスをしっかり握り締めていた子が、ジェサミンのスラックスを引っ張った。

「おう。こいつが二番目のシストだ」

ジェサミンがカルを下ろして、シストを抱き上げる。

「石集めに夢中になっている。学者肌だな」

「国一番のコレクターなんだよ。大人になったら、世界中に石を集めに行くんだ」

シストの誇らしげな顔があまりにも愛くるしいので、ロレインは頬が熱くなるのを感じた。

シストを右腕に抱えたまま、ジェサミンは左腕だけで最後のひとりを抱き上げた。

「三番目のエイブは、想像力が豊かな子だ。芸術の才能がある」

「絵も粘土も好きなの。お姉さんもいっしょに作ろ?」

エイブの話し方は少し舌足らずで、身悶えするほど可愛らしい。

ジェサミンの長い脚にカルがしがみつく。どうやらよじ登ろうとしているようだ。

「ひとりが何かの病気にかかれば、すぐに残りの二人もやられてしまう。ロレインに会わせたいと思っていたが、風邪をこじらせていてな」

ジェサミンはそう言って、問いかけるようなまなざしを守り役たちに向けた。

「人手が足りないようだが」

「は、はい。今朝になって急に……。若様方の風邪が、ミセス・ラドリーにうつってしまって。ミセス・ネーピアは転んで足を挫いて、ミセス・イエーツはおめでたを理由に退職したいと……」

「残った私たち二人で、若様方をお守りしようとしたのですが……」

「到底無理だな」

三人まとめて抱っこしながら、ジェサミンがため息をついた。

「新しい守り役を雇うまで、部下の誰かに三つ子の面倒を見てもらうしかないな。雇うにしても、愛情深いベテランがすぐに見つかるかどうか。五歳児を追いかけられる若者も必要だ」

「すぐに決まればいいのですけれど」

「責任感と落ち着きのある方が必要ですわ」

守り役たちも重い息を吐く。

「あ、あの。私にお手伝いさせてもらえませんか?」

気がついたら口に出していた。そうせずにはいられなかったのだ。

ロレインはずっと弟や妹が欲しかった。五歳で母を失ったし、父に再婚の意思がなかったので、夢想するだけだったけれど。

「私、子どもが大好きなんです。マクリーシュでは、子どものための慈善活動をしていました。私はカルとシストとエイブの義姉になったわけですし、三人の世話をするのは『家族』の仕事だと思うんです」

三つ子が好奇心に満ちた目でロレインを見た。

「そ、その。皇后としての仕事がある日は無理かもしれないけれど、それ以外の時間は喜んで手伝いますから……」

「やった！」

カルが嬉しそうに拳を突き上げる。

「ロレインならいいよ」

シストが紳士らしくうなずく。

「家族かあ……」

エイブが恥ずかしそうに体をもじもじさせた。

ジェサミンが三人を芝生に立たせる。ロレインも膝をつき、近づいてきた三人をしっかりと抱き寄せた。

三つ子の母親は、彼らの一歳の誕生日まで生きることができなかったと聞いている。父親である先代皇帝も亡くなっているし、三つ子には愛してくれる両親がいないのだ。

ジェサミンが弟たちを心から愛し、兄として全身全霊で守りたいと思っていることがわかる。ならばロレインにも姉として、三つ子に愛情に満ちた幸福な子ども時代を送らせる責任があるはずだ。

ロレインは決意に満ちた目でジェサミンを見上げた。彼はこれまでで一番優しい顔になって、片膝をつく姿勢を取った。

「カル、シスト、エイブ。お前たちに仕事を与える。それはロレインを守ることだ」

「戦士になるの？」

わくわくした声でカルが聞く。

「そうだ。お前たちはロレインの義弟であり、家族であり、信頼できる仲間でなければならない。戦士はどんな状況下でも大切な人を守る。お前たちが突っ走って怪我をしたり、無茶をして病気になったりしたら、元も子もない」

三つ子が神妙な顔をしてうなずく。

「イタズラは慎まなければならない。できるか？」

「わかった。もう戸棚のお菓子を勝手に食べたりしない」

「水たまりで泥んこ遊びするのもがまんする」

「ベッドの上でジャンプするのもやめるよ」

ジェサミンは微笑んだが、すぐに真顔に戻って続けた。

「少しくらいは許す。だが、やりすぎは駄目だ」

「やりすぎはだめ、わかった」

「心配いらないよ。ロレインをはらはらさせたりしない」

「ロレインのことは、僕たちが守るから」

戦士任命が大きな効果をもたらしたらしく、三つ子は途端に聞き分けがよくなった。大人びた口をきく彼らが可愛くて、ロレインも思わず微笑んだ。

「よく言った。戦士になるには、トレーニングはもちろん食事が重要だからな。お前たち、朝飯の前に飛び出してきたんだろう？　俺とロレインと一緒に食べるか？」

「「「うん！」」」

ジェサミンの言葉に、三つ子が嬉しそうな顔になる。

「じゃあ行くか」

左手にシストの、右手にエイブの小さな手を握り、ジェサミンが歩き出す。ロレインの手を握ろうとしていたカルの口元が、なぜか引き締まった。

「僕はロレインの戦士だから、先に安全をたしかめなきゃ！」

小犬のようなはしゃぎぶりで、カルが駆けていく。

皇族のプライベートエリアに入ることが許されている人間は数えるほどしかいないから、危険はないに違いないのだが。それでもボディガードたらんとするカルが誇らしくて、ロレインはにっこりした。

カルが弾んだ足取りでジェサミンたちを追い抜き、建物の角を曲がる。

「お前はいったい何者だティオン！　ベラ、マイ、リン、あと知らないおばさんっ！」

小さな警備主任の言葉が、状況を過不足なく教えてくれた。

（そうだった、私たち窓から抜け出したんだった……！）

ティオンはともかく、ベラたちが捜しに来るのは至極当然だ。最後のひとりは恐らくばあやだろう。

ロレインたちもすぐに角を曲がり、案の定四人の使用人とばあやに出迎えられた。

「おめでとうございます！　お二人が素晴らしい夜をお過ごしになったうえに、ロレイン様は弟君たちまで虜になさった。嬉しい驚きです。私の心配事が一気に解決いたしました……っ！」

ティオンが激しく興奮した口調で言った。最初から気取りがなくて親しみやすい人だったが、人間らしい喜びを爆発させているのがわかる。

（わ、私も爆発しそうなくらい恥ずかしいっ！）

女官たちとばあやの表情から推測するに、ロレインとジェサミンが心も体も結ばれたと思っていることは間違いなさそうだ。

「え、ええと。な、なんていうか、その」

感情が高ぶって声がうわずってしまう。まったく無防備な状態だったので、言葉が思いつかない。ひとりで百面相をしているロレインを、ジェサミンが面白がっているような顔で見ている。

そうこうしているうちに、ティオンの興奮が涙に取って代わられた。

「ありがとうございますロレイン様……若様方に優しくしてくださって。もちろん、悲しい仕打ちをなさる方ではないと思っておりましたが。うう、懸念が全部消えて、涙が……」

ロレインははっとした。あれこれ詮索しなくても、ティオンの言葉の意味はわかる。

（私は皇后。カルとシストとエイブの未来に影響を及ぼす決断を下せるんだ……）

後宮入りする娘の第一の野心は皇后になることで、第二の野心は自分が産んだ息子を皇帝にすること。

（彼らの幸せな未来を願うより、邪魔な人間として容赦なく排除する？　私には、そんなことできない）

ロレインの心が千々に乱れたとき、ジェサミンが大きな声で笑った。

「心配しすぎだ、ティオン。この俺が、三つ子から元気を奪うような女を正妃にするはずがないではないか」

「そうだよ。僕らなかよしだもん」

「僕たち、ロレインが好きになっちゃった」

「ロレインも僕らが好きだよね？」

四組の目がロレインを見ている。ロレインは「もちろん」とうなずいた。

「私も大好きよ」

「兄さまのことはもっと好きでしょ？　好きだからお嫁さんになったんだよね？　兄さまのどこが好き？」

カルがきらきら輝く目で問いかけてくる。ロレインは助けを求めるようにジェサミンを見た。

「俺も聞きたい。どこが好きだ？」

いたずらっぽい表情でジェサミンが尋ねてきた。

「ええっと……そ、それは……」

ロレインはすっかりうろたえてしまった。感情を包み隠しておくことがまったくできなくなっている。

「も、ものすごく大きいところ、かな」

自分を固く信じている三つ子をがっかりさせたくなくて、ロレインは気持ちを奮い立たせた。

「図抜けて大きな体も、器の大きさも、いつでも私を受け止めてくれる大きな心も、全部大好きよ。ジェサミン様と一緒だと、とびきりのプレゼントをもらったときみたいにドキドキするの」

「なるほど、それは最高の気分だね」

「ジェサミン兄さまが宝物ってことだね」

「兄さまは、すてきすぎるほどすてきだもんね」

三つ子がロレインのお腹や腰に抱きつきながら、満面の笑みで言う。

「え、ええ、そうね……」

恥ずかしくて神経がどうにかなりそうだった。ティオンも女官たちも感激しているし、ばあやはハンカチで涙を拭っている。

ロレインは恨みがましい顔でジェサミンを見た。昨晩から表情を色々と変えすぎて、顔の運動不足がすっかり解消されたに違いない。

（どうせ、いつもみたいににやりと笑ってるに決まって……）

いなかった。ロレインはジェサミンの顔が、みるみるうちに赤く染まるのを見た。

「……やばいな。これまで味わったことのない、最高の気分だ」

手を口に当てて声を抑えて、間違いなく身悶えしている兄を、そっくりな顔立ちの弟たちが不思議そうに見ていた。

「若様方、ちっとも不思議ではありませんよ。陛下は『めろめろ』になってしまっているのです。ロレイン様の魅力には敵《かな》わないということですね」

「よけいなことを言うな、ティオン！」

ジェサミンが顔をしかめ、ティオンをじろりと睨《にら》みつけた。オーラは抑えられているが、必殺の目つきだ。

（うわあ。ティオンさんって怖いもの知らず……）

「すみません」と言いつつも、飄々《ひょうひょう》としているティオンの態度に、ロレインは心から感心した。

（皇の狂戦士みたいに、徹底して鍛えられた体じゃないけど。厳しい訓練をくぐり抜けた戦士みたいに、並外れた心の強さがある人だなあ。そうでなければ、後宮の管理人は務まらないのかも）

ロレインがそんなことを思ったとき、本物の皇の狂戦士が足早に近づいてくるのが見えた。全身筋肉のような、ずいぶん大きな男性——ジェサミンの側近のケルグだ。

「陛下……」

ケルグは何事かをジェサミンに耳打ちした。

「くそっ！　老人たちは朝が早いな」

ジェサミンが唇を引き結ぶ。

「悪いが、一緒に朝飯を食えなくなった。とある案件で、長老どもが説明を求めに来たのだ」

「まあ。緊急かつ重要な案件なのですね。カルとシストとエイブのことはお任せください」

ロレインは優しく言った。いくら長老たちでも、朝一番で訪ねてくるなんて異例のことだ。喫緊の課題であるに違いない。

ロレインのお腹や腰に、三つ子がさらに強くしがみついてくる。我儘を言ってはいけない場面だとわかっているのだろう。幼いながらも、皇帝であるジェサミンの双肩にのしかかる責任の重さを理解しているようだ。

「守り役の皆さんがいくらかでも楽になるように、私も頑張りますから。早急に新しい守り役を探さなければなりませんが、真に信頼できる人材の見極めにも手を貸せると思います」

「頼んだ。お前がいてくれて、つくづくありがたい」

次の瞬間、ジェサミンの熱がロレインを包んだ。ふわりと抱きしめられたのだ。間に挟まれた三つ子がきゃあきゃあと歓声を上げる。

甘い空気が辺りに漂う。ジェサミンが無意識に醸し出すスイートなオーラに、ケルグが目を白黒させているのが見えた。

「いつも心の片隅で、俺のことを思っていろ。俺もそうする」

ロレインの髪に顔をうずめて、ジェサミンが小さく言った。

「ははは、はい……」

これ以上甘さを感じたら胸がはちきれる、と思ったところでジェサミンの熱が離れた。

双方の間で意思が通じたかのようにジェサミンとケルグは同時に踵を返し、大股で歩き去っていった。ティオンも小さく頭を下げ、彼らの後に続く。

「ベラ。若君たちが私と一緒に食事をすることを、すぐに厨房《ちゅうぼう》に伝えてもらえるかしら。マイとリンは、サンルームに四人分の席を設けてくれる？」

女官たちが笑顔でうなずき、すぐに動き出した。

「もしかして私の出番でしょうか?」

ばあやがにっこり笑い、気合いを入れるように右肩を回してみせた。

(子どもの扱いが上手なベテランで、ちょっとのイタズラくらいでは目くじらを立てない、温厚な守り役……)

ロレインは「あ」と声を上げた。望み通りの適任者がすぐ近くにいたのに、どうして気づかなかったのだろう。

うっかりな自分を責めるように顔をしかめ、それから大きな笑顔を浮かべる。つい昨日まで、人前で過度に感情を出してはならないと思っていたことなど、すっかり忘れていた。

「ばあや。私の可愛い義弟たちのために、手を貸してもらえる?」

ロレインはばあやの両手を握った。

「ええ、ええ、喜んで。この二週間、心地よくくつろがせていただきました。でも、ゆっくりしすぎて体がなまってしまって。ぬくぬくと暮らすのもいいですが、私はやはり働きたいのです。神経痛のお薬もよく効いておりますしね。私が責任もって、若君たちのお相手をさせていただきますわ」

ばあやはそう言って、二人の守り役に視線を向けた。看病でへとへとになっていたらしい彼女たちが、救われたような表情になる。ばあやがいれば、多少は安心して休むことができるに違いない。

「はじめましてカル様、シスト様、エイブ様」

三つ子の前でしゃがみ込んだばあやは、すっかり子どもを守る乳母の顔になっていた。

「私はロレイン様のばあやです。今日からは、若様方のばあやにしていただけますか？」

三つ子が顔を見合わせ、同時に「いいよ」とうなずく。彼らは素直な笑顔を浮かべた。どうやらばあやのことが気に入ったようだ。

弟たちがばあやを好きになってくれたことが、ロレインには嬉しかった。年齢のわりに利発な子たちだから、彼女が信頼できるとたちまち見抜いたのかもしれない。

（サラとエライアスの結婚式がどうだったか、ジェサミン様は情報を集めるはず。そのあと、マクリーシュから誰かが来る可能性が高い。それまでの間は、あんな人たちのことは考えたくない。平穏な宮殿での暮らしを楽しみたい）

三つ子と一緒にいればあっという間に時間は過ぎるはずで、余計なことなどひとつも考えずに済みそうだ。

「じゃあ、朝ご飯を食べに行きましょう。みんなで食べたらきっと美味しいわ！」

ロレインは歌うように言った。弟たちに愛され、自分も愛を返せることが嬉しくてたまらなかった。

第七章
皇后、ついに覚醒する

三つ子のおかげで勇気を得て、ロレインは皇后として目覚めた。ヴァルブランド宮殿が我が家だと思えるようになったのだ。

八歳から一〇年、ずっとマクリーシュ王宮の女主人となるべく教育を受けてきた。思いがけずヴァルブランドの皇后になったものの、ずっとお客様状態で。

楽しいことだけやって、ぶらぶらしているのは気が引ける。とはいえ、いきなり権力を行使し大きな顔をするのも図々しく思えた。宮殿の人々に不愉快な思いをさせるのが怖かったのだ。

しかし三つ子を守り導くためには、環境を整える必要がある。単に守り役を増やすだけではなく、宮殿内の各方面をロレイン自身の目で点検しなくてはならない。

（私は皇后。唯一、皇帝と対等な立場の女性。職務上の責任を果たすために、大胆にならなくては）

宮殿内の『正妃の部屋』には、立派な執務室も用意されている。ヴァルブランドの紋章入りの便箋や封筒、封蠟《ふうろう》を施すための印璽《いんじ》、最高級のインクペン、書類の決裁に使う印章なども、きちんと準備してあった。

ロレインは意を決し、執務室に各方面の責任者を呼び寄せた。

まずは皇族専属の医師に、三つ子の体の状態について事細かに説明してもらう。

「――よくわかりました。最新医学だけでなく、古代から受け継がれる生薬も取り入れているのですね。弟たちの体調を細やかに気遣ってくれて、とても嬉しく思います。ところで、体調が安定しているときの運動療法をどう思いますか？　カルは日に日にわんぱくになっていますし……」

皇族居住棟の料理長には、先月のメニュー表を提出してもらった。

「弟たちの食事ですが、よく考えて準備していますね。三人が食べたがらない食材は、栄養学的に代替しうるものを使っていることがわかります。これからは、少しずつ食わず嫌いを治していくつもりです。来月のメニューの叩き台ができたら、私のところへ持ってきてください。それからお忙しい陛下のために、手早く食べられる栄養食を充実させましょう」

次に知恵の宝庫である書庫の司書長。

「歴史の感じられる素晴らしい書庫ですね。膨大な量の書物を維持管理するのは大変な作業ですから、ヴァルブランドの知識を守る司書の皆さんは尊敬に値します。ところで、シストは本の中の知恵を探究するのが大好きで、すでに聡明さを発揮していますね。西のマクレア王国には、子供向けの図鑑が充実しているとか。マクレア語なら私が読んで聞かせられますし、書庫に取り入れてみてはどうでしょう?」

そして宮殿の各ブロック管理をしている責任者たち。

「宮殿はどこも素晴らしい状態に保たれていますね。手入れの良さから、宮殿を支える役割を担うあなた方の誇りが感じられます。ただ、目につかない部分の点検間隔が長すぎますね。エイブは想像力が豊かで、衝動に素直に従うタイプなので、うっかり隠し扉や秘密通路に入ってしまう可能性があります。手間をかけますが、鍵に緩みがないか再点検してみてください」

ロレインは新たな自分に生まれ変わったかのように、真摯に皇后としての務めを果たした。いや、自分らしさをようやく解き放つことができたと言うべきか。

考えるべきことは多いし、新しいルールを浸透させるのは大変だ。しかし臆することなく自分の意見を伝え、使用人たちの意見にも耳を傾ける。彼らの要望を検討し、熟慮の上で決断を下す。かつてないほどの充足感だ。

ロレインは宮殿の人々のために最高の仕事をし、そして彼らの最良の部分に目を向けようと努めた。やがて使用人たちはロレインを信頼することを覚え、執務室に活気がみなぎるようになった。問題があればすぐに伝えてくれるし、意見を求めに来てくれる。

三つ子との出会いから二週間が経つ頃には、宮殿は『新時代』に突入していた。

「私たちが婚活で忙しくしている間に、ロレインってば神々しいまでに美しくなってる……」

久しぶりに会った四人の親友が、ロレインを見て目を丸くする。

「元から綺麗だったけど、いまはオーラがあるっていうか。すごく存在感があるわね」

「ええ。ひれ伏したくなるような威厳が、陛下にそっくり」

「宮殿の人たちが、敬愛に満ちた目で見ているものね。居心地がよくなって、活気に満ちているのは、ロレインがリーダーシップを発揮しているからなのね」

「素晴らしい手腕だわ。皇后が噂にたがわぬ最高の女性であることを示したわね」

ロレインが宮殿に入ったばかりの時期に、精神的に支えてくれた彼女たちの言葉が嬉しい。

「すべて弟たちのおかげなの。あの子たちの笑い声が響く宮殿にしたい、幸せな姿が見たいって、誰もが協力してくれるし。三つ子はみんなから愛されているから」

「愛されているのはロレインもよ。陛下のオーラに耐えられるからだけじゃない、結ばれるべくして結ばれたんだって、宮殿のみんなが言っているもの。本当なら絶対に出会わないはずの二人だったのに、人生って不思議ねえ」

シェレミーの言葉に、残りの三人がうなずく。

ロレインは親友たちとお茶を飲みながら話を続けた。彼女たちの優しい笑顔と穏やかな声に勇気をもらって、最近自分を悩ませている問題についても相談してみた。

「――なるほど。つまり、陛下が事あるごとに『俺が好きか？』とか『どこが好きだ？』とか聞いてきて、困っているということね？」

レーシアがきらりと目を光らせる。

「そ、そうなの。二人だけのときなら、まだマシなんだけど。周りに人がいてもお構いなしって感じで……」

正直なことを言うと、困っている気持ちと嬉しい気持ちが半々だった。

ジェサミンの熱い視線が己の顔に注がれる瞬間、彼がわくわくしているのがわかるのだ。

自分ばかり言わされるのはずるい——と思いながらも、近ごろのロレインは感情を隠せない。こちらの素直な返事を聞いて、ジェサミンは心から喜んでいるように見える。

「もしかして、陛下は『好きだ』って言ってくれたことがないの？」

サビーネが声を低くする。

「……ないの」

ロレインは声を小さくした。

ジェサミンの要求は激しいが、彼自身は何も言ってくれないのだ。最近は、それが不安になり始めていた。

四人の令嬢が「なるほどねえ」と顔を見合わせる。ロレインは落ち着かない気分になり、体をもじもじさせた。

「聞いて、ロレイン。陛下のそれは『不安の裏返し』ってやつよ」

パメラがはっきりと言った。

「ふ、不安？　ジェサミン様が？」

ロレインは目をぱちくりさせた。そんな馬鹿な。ジェサミンはいつも余裕たっぷりな態度なのに。

「俺ほど申し分のない男はこの世に二人といないって、いつも言っていらっしゃるんだけど……」

自信家のジェサミンが不安がる姿など、ロレインは見たことがない。

「その自信ありげな態度こそが『強がり』ってやつなのよ」

シェレミーがにっこり笑った。

「あなたたちは両想《おも》いよ。文句のつけようがないほどにね。陛下はすっかりロレインに心を奪われているわ。あなたに嫌われたら、とても耐えられない。そういうのって、陛下には初めての経験なの」

「初めて……」

「陛下が女慣れしていない、明白な理由があるでしょ？」

「……オーラ？」

「そう！　あの方は二四年間、女性とは無縁の日々を過ごしていたの。ロレインに出会うまでは、恋愛感情については無知のままだった」

当然のことだと言わんばかりに、シェレミーは力説した。

「権力にも財力にも恵まれた超大国の皇帝だし、恋愛以外のことについてはなんでも思い通りになる生活をしていらしたわ。だからロレインとの関係でも、常に主導権を握ろうとする。そのせいで自信満々に見えちゃうんだと思う」

シェレミーの声に優しさがにじむ。

「不安なんて言葉では言い足りないかもしれないわ。きっと陛下は、自分に自信が持てないのよ。嫌われちゃったらどうしようって、強烈な恐怖にさいなまれてる」

他の令嬢たちが力強くうなずいた。

「あの方にそんな気持ちを引き起こさせる女性は、世界中でロレインだけよ」

「とっても不安だから、確認せずにはいられないのね」

「為政者として、他人のために尽くしてきた人だし。自分の喜びを追求するのが初めてで、浮かれちゃってるのよ」

ロレインは泣きたくなるような、不思議な感情にとらわれた。

シェレミーが温かい笑みを浮かべ、言葉を続ける。

「自信がないなりに毎日知恵を絞って、ロレインに好きになってもらうことに全力を傾けているから、聞かずにはいられないのよ。『俺が好きか?』『どこが好きだ?』って」

「そう……なのかな」

ロレインは胸がどきどきするのを感じた。疑問がようやく解消し、心が喜びに満たされる。

（私がジェサミン様に恋心を抱かせた、初めての女性……）

ロレイン自身も、男性から普通の女の子として接してもらえる機会などなかった。その上、婚約破棄などというありきたりではない経験をした。自分を異性として意識してくれる人など、現れるはずがないと思っていた。

嬉しすぎて窒息しそうだ。ロレインは胸に手を当てて大きく深呼吸をした。

親友たちはクッションにもたれて、リラックスしながら会話を続けている。

「陛下ってば、なんとしてでも好かれたいのね」

「でも自分の感情ばかり優先して、ロレインを悩ませるなんて駄目駄目よね」

「ロレインからも遠慮なく『私が好き？』とか『どこが好き？』とか聞いたらいいんじゃないかしら」

「そうよね、それが公平というものよね」

四人から同時に視線を向けられて、ロレインは顔が赤くなるのを感じた。

「やるだけやってみようかな……」

ロレインはつぶやいた。聞くのは恥ずかしいだろうし、答えが返ってくるまでは不安になるだろう。それでも聞いてみたいという感情がすべてに勝る。

「今日はこれから、三つ子を連れて皇の狂戦士の訓練を見学に行くの。そのあとで、覚悟を決めて聞いてみる」

「頑張ってね、感情を赤裸々に晒してくださいって言うのよ！」

「誓って言うけど、陛下が『嫌い』って答えるなんてあり得ないから」

「顔色ひとつ変えないってこともないわよ、照れたり恥ずかしがったり、動揺しまくるに決まってるわ」

「目には目を歯には歯をってやつよ、とびきりの笑顔で『私のことが好きですか？』って聞いちゃいなさい！」

心強い親友たちに励まされ、ロレインは心を決めた。その瞬間のことを思うと、いまから体が熱くなってくる。

帰っていく親友たちを見送ったロレインは、三つ子の部屋へ向かった。

「さあ、おやつが済んだら皇の狂戦士の訓練を見学に行きましょうね。ヴァルブランドを守ってくれている戦士に対して、感謝の念を新たにするために」

「「「はーい」」」

三つ子が嬉しそうな声を出す。

同時に生まれたとはいえ、彼らの性格はそれぞれ違っていた。ロレインは三つ子の興味や関心、能力に応じてあちこち連れていってやりたかった。

そこで、宮殿の敷地内を三つ子と一緒に見て回ることにした。まだ五歳の彼らは、限られた場所しか探検したことがなかったから。

宮殿内なら安全かどうかを気にする必要がないし、伝統や歴史といった重要なことも学べる。自分たちの恵まれた暮らしを支えてくれる使用人とのふれ合いも大切だ。

三つ子は知らない場所へ行けて、とても機嫌がいい。やんちゃの塊みたいな子たちだが、見学者という立場をよくわきまえてくれている。

昨日行った厩舎《きゅうしゃ》には、ヴァルブランドが誇る黒い長毛の馬がたくさんいた。

調教師が放牧場で元気な子馬を訓練している様子にカルは夢中になったし、エイブは馬が草を食《は》む姿をスケッチした。シストは馬の生態に興味があるらしく、ずっと厩務員にくっついていた。質問攻めにされた厩務員は嬉しそうだった。

そのほかにも、宮殿内の部屋を数えきれないほど回った。

貴重な品々が収められた宝物庫、歴代皇帝の肖像画が飾られた展示室、由緒ある古剣などの武器や防具が並ぶ保管庫。舞踏室にはヴァルブランドの神話を表現したタペストリーがいくつもある。三つ子は見るものすべてに歓声を上げた。

「おやつは残さず召し上がってくださいね。より元気になれますよ」

ばあやが穏やかな声で言う。彼女は熱心に三つ子の世話をし、守り役たちから信頼される心強い存在になっていた。三つ子からも心から愛されており、宮殿になくてはならない特別な人だ。

ばあやは食事をとても重んじた。食べることに関心のない三つ子に、折に触れて食べ物の大切さを教えてくれている。おかげで三つ子はひと欠片も残さずに食べるようになり、すっかり血色がよくなった。

「ぜんぶ食べたよぉ」

まだおやつの詰まった口で、カルがもごもごと言った。ロレインは彼の頭を撫でてやった。

カルは訓練の見学を誰よりも楽しみにしている。きらきら輝く瞳が、彼の隠しきれない興奮を伝えていた。

「兄さまと戦士の試合が見れるの、最高！」

あどけなく感情を表現するカルに、ばあやも守り役たちも笑顔になる。

「私もとても楽しみよ」

ロレインの言葉は、まぎれもなく本心からのものだ。いまや宮殿中が、高揚感を得られる楽しい場所になっている。

マクリーシュでは、婚約破棄後は生きがいもなく生きていた。まさかジェサミンの皇后として揺るぎない地位を保証され、新たな人生を開拓できるなんて思ってもいなかった。

サラが流した勝手な噂は、まもなく払拭されるだろう。ロレインの目の前には、洋々たる人生が広がっている。

（私はなんの憂いもない日々を送っているけれど。エライアスの人生は、悪い方へと転がる一方かなあ……）

ヴァルブランド帝国を――ジェサミンを敵に回すのはよほどの愚か者か、よほどの強者かのどちらかだ。エライアスは後者ではないし、マクリーシュのためにも前者ではないことを祈りたい。

（サラは気に入らないことがあると、周囲に容赦なく怒りをぶつけるし。エライアスに対して、拗ねた子どものように振る舞っているかも。彼は『真実の愛は揺るぎない』と断言していたけれど……サラが傍若無人に生きるのをやめないのなら、二人の関係が致命的な結果を迎える可能性もあるかもしれない）

サラが王太子妃としての教育を受けていないことを、エライアスだってちゃんとわかっていた。

男爵令嬢の成功物語は国民の気持ちを高揚させるけれど、彼女本来の能力には不釣り合いな地位だ。

その能力の低さや経験不足を穴埋めするために、二人の『自由恋愛』に憧れる有力貴族の令嬢を、侍女として大勢雇ったと聞いている。

（王太子の結婚は、国家運営に関わる重要な問題。自分への愛でサラがひと皮剝けるに違いないと、エライアスは信じていたけれど……）

夫が職務に邁進《まいしん》できるかどうかは妻にかかっている。

ヴァルブランドの宮殿とマクリーシュの王宮、場所は違えどロレインとサラは『自分がどれほど素晴らしいか』を示さなければならない。ほぼ同じタイミングだなんて、皮肉なことだ。

サラとエライアスが思い描いていた未来像は、ロレインがジェサミンの皇后となったことで大きく揺るがされただろう。

こういう状況になった途端に壊れるような愛では、立派な王と王妃にはなれない。二人の間に特別な絆が存在するのなら、きっと乗り越えられるはずだ。

（ああ、あの二人のことを考えると、色んな感情がごっちゃになるなあ。どっちにしろ明日か明後日には情報が入ってくるだろうし。私は私で、自分の役目を果たさなくちゃ）

ロレインがそう思ったとき、シストとエイブがおやつを食べ終わった。

「それじゃあ、訓練場へ行きましょうか」

「「「うん！」」」

三つ子を連れて宮殿内を歩くと、使用人たちがにこっと微笑む。誰に対しても愛嬌《あいきょう》を振りまく弟たちは宮殿のアイドルなのだ。

ばあやと三人の女官が数歩後ろをついてくる。誰もがロレインに対して敬意のこもったまなざしを向け、膝を曲げてお辞儀をしてくれた。

宮殿内はどこも活発な雰囲気で、使用人たちの顔は実に生き生きとしていた。

訓練所は広大で、立派な兵舎と診療所、トレーニング器具を揃えた施設、武器を収蔵する倉庫などがずらりと並んでいる。

途中で合流したケルグが、ロレインたちを模擬試合の行われる闘技場まで案内してくれた。

階段状の石のベンチと、屋根付きのボックス席がいくつかあり、ロレインたちは中央のボックス席に落ち着いた。そこからだと闘技場のすべてがよく見渡せる。

屈強な戦士たちが準備運動で汗を流している。防具は革製の胸当てとブーツくらいのものので、鍛え上げられた肉体は自信と迫力に満ちていた。

中央に立つジェサミンは陽光を浴び、黄金色に輝いている。彼はたくましい腕を胸の前で組み、少し足を開いて立っていた。

厳しいまなざし、集中していることが感じられる顔つき。どうやら戦士たちに厳しく指導しているようだ。

「兄さまーっ！」

カルが声を張り上げた。戦士たちがロレインを見上げて会釈をする。そういうときの彼らは穏やかな表情で、信頼のおけるお兄さんといった雰囲気だ。

ロレインは三つ子を促して、全員揃って笑顔で会釈を返した。

顔を上げたとき、ジェサミンと視線が絡み合った。彼の強烈なオーラが高まるのがわかる。

恋をすると世界が薔薇色になると言うけれど、ピンク色の花弁が何百枚と舞い落ちてくるかのような甘ったるいオーラだ。

ジェサミンはロレインと三つ子に気前よく笑顔を振りまき、ぶんぶんと手を振っている。

模擬試合の解説役としてカルの横に座っているケルグが、小さくつぶやいた。

「……これが恋の魔力というものでしょうか。この雄弁なオーラは、恋の波動と呼ぶべきものですね」

ロレインは恥ずかしさに顔をほてらせた。ジェサミンのオーラは、ロレインが好きだということを暴露していた。

（うん。私ってば愛されてるなあ）

心の底から喜びが込み上げてくる。マクリーシュにいるときには一度も味わったことのない感覚だ。

戦士たちは顔を赤くしていた。オーラには慣れていても、恋愛感情を大っぴらにするジェサミンには慣れていないのだ。

彼らはジェサミンとロレインを交互に見て、それからケルグに助けを求めるような顔を向けた。ケルグが静かに首を横に振る。

「陛下にとって、ロレイン様は絶対不可欠な存在なのですね。あんなに生き生きとした、無邪気なオーラを出す陛下を、私はこれまで見たことがありません。鋼鉄の自制心をお持ちの陛下でも、抑えることが難しいようだ。いや、漏れている自覚がないのかな」

ケルグが感嘆した様子で言った。そして「新婚ですしね」と笑いながら目を細める。

「え、ええ……」

身悶えしていることを隠すために、ロレインは咳払いをした。

こちらに引きつけられていたジェサミンの視線が、また戦士たちの方へと戻る。強い意志の力を湛《たた》えたオーラへと瞬時に切り替わった。

ジェサミンとひとりの若者が、闘技場の中央に立つ。

「まずは陛下とファレイが闘います。ファレイは戦士の中では小柄ですが、軽快な動きで素早い攻撃を繰り出します。使用する剣は刃を潰してありますのでご安心を」

ケルグの言う通り、ファレイは巧みな足さばきを見せた。素早い攻撃やフェイントを繰り出すが、ジェサミンは即座に反応する。反撃し、受け流し、ファレイの胴に突きを入れた。

試合を見守る三つ子から歓声が上がる。真剣勝負と見まがうほどに激しい戦いに、ロレインの心臓は口から飛び出しそうだった。

ジェサミンの剣は、まるで腕の一部のようだ。これほど上手に剣を操る人を初めて見た。大きな体で力任せに切りつけるだけではなく、敏捷《びんしょう》な動きと繊細な技巧にも優れている。

ファレイはじりじりと後退していた。剣を振り上げたジェサミンの背中の筋肉がしなり、次の瞬間ファレイの肩に一撃が加わる。その衝撃でファレイは体勢を崩した。

ジェサミンが目にもとまらぬ速さで剣を突き出し、ファレイの手から剣を弾き飛ばした。

「勝負ありですね。やはりファレイの実力では、自分を守ることに全力をあげるしかなかったか」

「兄さますごいっ!」

「つよーい」

「かっこいいっ!!」

「陛下は誰よりも練習熱心なのです。忙しい仕事の合間を縫って鍛錬しておられます。だから動きに隙がないのですよ」

ケルグの言う通り、本当に見事な腕前だ。ロレインは神に祈るように、胸の前で指を組み合わせた。

「さあ、次の試合です。ナナクは湾曲した剣を、ダヴィシュは二本の剣を巧みに操ります」

「トーナメント方式なのですね」

ロレインの言葉にケルグがうなずく。

「はい。全員が陛下と試合をしたがったので、厳選するのに苦労しました」

ダヴィシュがナナクに飛びかかる。剣と剣のぶつかり合う音が響いた。勝者となったダヴィシュが拳を握った右手を掲げる。

それからも白熱した試合が続き、再びジェサミンの出番となった。

「次は、陛下と二刀流のダヴィシュの試合です」

また剣のぶつかり合う音が鳴り響く。

ダヴィシュは見事な手並みの二刀剣法だが、ジェサミンは巧みに二本の剣を躱《かわ》し、自信に満ちた動きで突きを入れる。

二人は技を駆使して激しく戦い、ついにジェサミンの一撃がダヴィシュをなぎ倒した。

「「「やったーっ!!」」」

三つ子が嬉しさのあまり声を上げて飛び跳ねる。ジェサミンがロレインを見上げ、にやりと笑った。

「いよいよ決勝戦です。陛下の相手は『皇の狂戦士』の首席ブラム。戦士の中で一番強い男で、陛下の好敵手なんですよ」

その名前は聞いたことがあった。後宮の鐘の広場でジェサミンと初めて会った日、ロレインが皇后になったことを周知するよう命令を受けていた人だ。

「ケルグはどれくらい強いのー?」

「私は次席なので、戦士の中では二番目ですよ」

カルの質問に、ケルグはにっこり微笑んだ。

ジェサミンとブラムが剣を構える。闘技場が静まり返った。

ブラムは即座に攻撃を繰り出した。受けるジェサミンの剣がしなる。稲妻のような速さで反撃すると、今度はブラムが受けの構えになった。互いに隙を見せない二人の攻防が続く。

ロレインの目は戦いに釘付けになった。組み合わせた指の間に汗がたまる。

ジェサミンが剣を振るう姿は、あまりにも美しかった。慎重に、大胆に、繊細に、戦略を変えながら攻撃しているのがわかるのは、耳に入ってくるケルグの解説のおかげだ。

ブラムの腕がわずかに下がり、体の動きも少し鈍くなった。それを見て取ったジェサミンが大胆な攻撃に転じた。畳みかけるように剣を突き出し、ブラムを追い詰めていく。狙い定めた上段からの斬り下ろしが空気を切り裂く。ブラムの剣が宙を舞って、地面へ落ちた。

「「勝ったぁっ!!」」

三つ子がすごい勢いで両腕を突き上げる。戦士たちが優勝をさらったジェサミンに拍手を送る。彼は剣先を地面に突き、片手を上げて賞賛に応えている。

「ジェサミン様、すごい……」

ロレインは強烈な感情に胸を満たされていた。

(私、この人が好きになってる。本気で好きになってる。恋の真っただ中って、こんな気持ちなんだ……)

ロレインはジェサミンと視線を合わせた。彼は上機嫌で目を輝かせている。

生まれて初めて、人生を分かち合いたいと思わせてくれた人。一八年間、彼を知らずにどうやって生きてこられたのか不思議なくらいだ。

ロレインの心の中で空回りを続けていた歯車が、ぴったりと嚙み合ったような気がした。

第八章　皇帝、真の姿を晒け出す

夜の『練習』の時間はさりげなく振る舞おうと思ったのだが、やはり興奮は隠せなかった。ジェサミンを待つ間、ロレインはずっと心臓がどきどきしていた。

「ロレイン！」

大きく扉が開いて、ジェサミンが勢いよく入ってくる。体が大きい上にオーラがあるから、部屋が急に狭くなったように感じられた。

「今日の俺はどうだった⁉」

ジェサミンが子どものように顔を輝かせる。

「すごく格好良かったです。三つ子と一緒に大興奮しました。もう、ジェサミン様を知る前の自分には戻れません。本当に、忘れられない一日になりました」

「そうだろう、そうだろう。この最強最高の俺様の雄姿を見たら、ときめかずにはいられないだろう！」

ジェサミンが少年のように無邪気な顔で笑うので、ロレインもつられて笑ってしまった。

「俺のことを、もっと好きになったか？　どれくらい好きだ？」

「とっても好きになりました。ずっと探していた自分の一部が見つかったみたいな……上手く説明できないけど、そんな感じです」

「ふうむ。つまり、心が満たされたということだな」

得意満面の表情を浮かべて、ジェサミンがうんうんとうなずく。彼はロレインを見ながら両腕を広げた。

「さあ、来るがいい！」

最初は少し怖かった『練習』も、いまでは二人の間の確かな絆を感じる時間だ。最近ではジェサミンの腕の中に、ごく自然に吸い込まれるようになったのだが。

（きょ、今日は流されちゃ駄目。私のこと好きですかって、ちゃんと聞くんだから）

ロレインは自分に言い聞かせた。背筋をぴんと伸ばし、ジェサミンを見返す。

「どうした？」

こちらの全身にみなぎる緊張感に気づいたのか、ジェサミンが眉を寄せる。ロレインはもじもじしながら「あの、その」とつぶやいた。

赤面しそうになるのをこらえ、これまでため込んできた感情を一気に解き放つ。

「わ、私のこと好きですか？　どこが好きですか？　どれくらい好きですかっ⁉」

「ぐっ‼」

ジェサミンは胸に一撃を浴びたように後ずさった。

「私、自信のなさにかけては専門家なんです。私を好きになって、求めてくれる人なんて絶対に現れないって思ってて。だから、いまが夢じゃないって実感できるように、言葉が欲しいんです……っ！」

ロレインは体が熱くなるのを止められなかった。欲張りな心の声を、もう無視することができない。

「私のこと……好きですか？」

ジェサミンの喉から「うぐぐ」という唸り声が絞り出された。彼は髪の生え際まで真っ赤になって、檻《おり》の中の獅子のように落ち着きなく室内を逃げ回る。

「お、おお、俺は言葉よりも態度で示す男だ！」

「それはズルいです」

ロレインは少しためらったが、ジェサミンをぴったり追いかけた。

彼の全身から激しく火花が散っている。汗が噴き出しているし、呼吸が速いし、全身が小刻みに震えている。かなり動揺しているようだ。

「うおっ！」

ジェサミンがローテーブルにつまずく。ロレインは少しよろめいた彼の体をすかさず支え、壁際に追い込んだ。とんだ醜態を見られたことが恥ずかしいのか、ジェサミンがさらに顔を赤くする。

「ま、待て。待ってくれロレイン。扉から入ってくるところからやり直させてくれ。格好をつけさせてくれ。その、二四歳の世慣れた男らしく……」

いつもの威厳はすっかり消えて、声がおぼつかない。ロレインは体が触れ合うほどに近寄ると、ジェサミンの顔に手を添えた。

「私、女性に慣れていないジェサミン様のことを、もっと知りたいです」

「慣れてないことは……いや、そりゃオーラのせいで、普通の男と比べたら……」

ジェサミンはしどろもどろになって、唇を噛んだ。その姿がどんなに可愛いか、彼はわかっているのだろうか。印象と実態のギャップが凄《すご》すぎる。

(か、可愛い……っ!)

ロレインも唇を噛んで、悲鳴とも歓声ともつかない声を押し殺した。

ジェサミンが「ちくしょう」と低く唸る。

「生まれてこの方、女には怖がられるばかりだった。俺としたことが、お前の前では腑抜けで弱虫で小心者になる。どう振る舞えばいいかさっぱり見当がつかんのだ。練習だって、実際は俺自身のためのもので――二四にもなって、か、格好悪いだろうっ!」

憤然と顔をしかめ、ジェサミンは髪を掻きむしる。ロレインは彼をひたと見つめて微笑んだ。

「それって、とても」

ジェサミンにぴったりくっつく。そして「素敵です」とつぶやいた。

「すごく嬉しい。特別な女性になった気分です」

ロレインは自分の心臓の音を聞いた気がした。いや、ジェサミンの鼓動かもしれない。

「好きって言葉を与えることができるのは、お互いだけ。私が求めているのと同じくらい、ジェサミン様から求められているって、言葉でわからせてください」

「そ、そんなに可愛い顔で笑うな！　まともに頭が働かんっ！」

ジェサミンのオーラが荒れ狂っている。本当に自分を制御しきれなくなっているらしい。

ロレインはさらに美しく微笑んだ。誘いかけるように、でも正々堂々と。

「ジェサミン様の自業自得でもあるんですからね。私ばっかり、もう何十回も言いました。今度は私が受け取る番です」

さあどうぞ、と言わんばかりに小首をかしげる。

ジェサミンは「うう」とくぐもった声を漏らし、また頭を掻きむしる。

しばらくしてから、彼は聞き取れないほどの小さな声で何事かをぼそっとつぶやいた。

あまりにもか細い声だったので、ロレインはジェサミンの唇の近くに耳を持っていった。

「あの、声が小さすぎて。もう一度お願いします」

「ぐ……」

ジェサミンの頭が傾き、ロレインの肩に重みがかかる。彼がロレインの首筋に額を押しつけたのだ。

「ええい、ままよ、と言ったのだ……」

顔を上げたジェサミンが、足場を失ったようにその場にくずおれる。ロレインも慌ててしゃがみ込んだが、彼は恥ずかしそうに顔を背けてしまった。

「俺は、その、こういった感情を言葉で表現するのが苦手なのだ。お前には何度も言わせたというのに、自分の番になった途端に口をつぐむなんて、卑怯《ひきょう》だよな」

そう言って、ジェサミンは両手で顔を覆った。

「くそう、俺ときたら……体ばかりが成長した木偶《でく》の坊だ」

「ジェサミン様は、申し分なく素晴らしい男性ですよ？」

ロレインは思わず手を伸ばして、ジェサミンの頭を優しく撫でた。

「どんなときでも自信満々に振る舞うのがジェサミン様のやり方で、弱みを見せるのが嫌いなんですよね。努力の大切さを知っているけど、その努力を他人に気づかれないことも同じくらい大切だと思ってる」

「おう、それが俺だ。いつでも格好をつけることばかり考えている」

ジェサミンが指の隙間からこちらを見てくる。ロレインはじっと彼の目を覗き込んだ。

「ジェサミン様は強いです。尊大で傲慢、それでいて優しい。オーラがあるばかりに女性と深い付き合いができないでいたから、内に秘めた劣等感があるんですよね。ギャップっていうか、コントラストっていうか、私の目にはとても魅力的に映ります」

ロレインはジェサミンの耳元で囁いた。

「そういうところも好き」

「ぐ…っ!」

自分なりの言葉で精いっぱい表現した結果、ジェサミンがみるみる赤くなった。

「小悪魔め、俺をどぎまぎさせて楽しいか⁉」

「ち、違います! 私はただ安心感を与えたいだけです。私になら弱みを見せても大丈夫だから、ほっとさせてあげたいなって」

「ほっとできるか! 可愛すぎて思考力が麻痺《まひ》するわっ!!」

そう叫んだ途端にジェサミンはむせて、咳《せ》き込んでしまった。ロレインは大慌てで彼の背中をさすった。

咳が止まる頃には、ジェサミンは見るからにぐったりしていた。

ロレインはしょんぼりした。ジェサミンをこんなに悩ませてしまった。自分はやっぱり、とんでもない悪魔なのだ。

「……酒」

「え?」

「酒、飲んでいいか? 俺だって、そのう、ちゃんと言うべきだとは思っているんだ。だから、酒の勢いを借りたい。少し飲んだら思考力が戻ってくるかもしれん」

ジェサミンの声がちょっと哀れっぽい。子犬を思わせる瞳で見つめられて、ロレインはこれまで経験したことがないほど胸がきゅんきゅんした。

「すぐにお持ちします！」

ほんのわずかな時間も視線をそらしたくなかったけれど、ロレインは立ち上がって戸棚へと駆けていった。練習の時間には必須のアイテムなので、お酒の種類は充実している。

ジェサミンの好きな銘柄をグラスに注ぐ。自分用のグラスには控えめに。ジェサミンの言葉を聞く前に、感覚を鈍らせたくなかった。

ジェサミンはグラスを受け取り、一気に飲み干した。お代わりを求められるたびに注いでいたら、ジェサミンの体のこわばりがほぐれた。

「すまんな、悪気はなかったんだ」

完璧に無防備な、とろけるようなまなざしを向けられて、ロレインは心臓が止まるかと思った。普段は酔わないジェサミンだが、今夜は甘んじて酔いに身をゆだねるつもりらしい。

「お前の前では、何もかも知っている男のふりをしたくてだな。あれこれ調べて、百戦錬磨の男っぽく振る舞っていた」

ジェサミンはばつが悪そうに首の後ろをこすった。

「どこから言うかな……」

言葉を探すような表情になって、ジェサミンはぎこちなく続けた。

「身上書を見た日から、俺はお前に半ば恋していた」

「え⁉」

マクリーシュ国王やエライアスの手が入った身上書の、どこに恋する要素があったのか。

そう聞きたかったが、口が麻痺したように上手くしゃべれない。

明らかにうろたえているロレインを見て、ジェサミンがにやりと笑った。

「かかる時間を考えろ。お前の旅は三週間だったが、俺の船なら一週間だ。すこぶる有能なうちの外交官が、お前についての報告を先に送ってきていたんだ」

「あ……」

「言っちゃ悪いが、マクリーシュはちっぽけな貧乏国だ。だから大使は駐在させていないが、隣国のガルニエにはいるからな。当然、マクリーシュにも抜け目なく目を光らせている」

ジェサミンがグラスを呷《あお》る。

「もちろん婚約破棄のことは書いてあった。エライアスの心変わりと、サラの野心の犠牲になって、大変な不名誉をこうむったことがな。女の名誉は男に比べて簡単に傷がつく。不憫な娘だと思った」

ロレインは頬が熱くなるのを感じた。ジェサミンがさらに続ける。

「うちの外交官には人を見る目がある。身上書には、興味をそそられる長所がたくさん書かれていたぞ。真面目な性格で、穏やかで思慮深く、謙虚すぎるほど謙虚。心優しく温和だが、意志が強くて頭の回転が速い」

「そんな風に書いていてくださっていたのですね。嬉しい……です」

ロレインは泣きそうになった。

サラから偽の噂を広められたあとは、社交界からつまはじきにされていた。道を踏み外したのはエライアスなのに、誰もがロレインを悪く言った。ヴァルブランドの大使が、ちゃんとロレイン自身を見ていてくれたことが嬉しかった。

「俺の元には世界中から身上書が集まる。だが、お前が身に付けた教養の素晴らしさは際立っていたぞ。俺は不思議と、文字の羅列に惹《ひ》かれるものを感じた。この娘なら、もしかしたら……」

ジェサミンが熱いまなざしで見つめてくる。ロレインは頭がくらくらするのを感じた。

「いまにして思えば『前兆』というやつだったのかもしれん。本当に不思議な感覚だった。心の中の深い部分がかき乱されて……何か意味があるような気がして仕方なかった。オーラなどという厄介な奇跡があるのだから、俺にぴったりな娘と出会えるような奇跡も起こらないものかと、心の底から願った」

ジェサミンはふうっと息を吐き、両手で髪を掻き回した。

「身上書を繰り返し読んでも、お前への好奇心は到底満たされない。あまりにも心がざわつくものだから、お前がヴァルブランドに到着した日に、こっそり宮殿を抜け出して会いに行ったのだ」

前髪が下ろされて、ジェサミンの顔の上半分を覆い隠す。ロレインは小さな声で「まあ」とつぶやいた。

「確かに思わぬ場所で、しかも絶妙なタイミングで出会ったと思っていましたが……」

大きくて強靱《きょうじん》そうな肉体を持った、野性的で恐ろしげな雰囲気の男性に激突した日のことを思い出す。

「普段の俺は、皇帝としての自分に誇りを持っている。だから気ままに行動することはない。あの日は朝から興奮を隠しきれず、そわそわしている俺を見かねて、ケルグが理解と同情が混じった口調で『会いに行ったらどうですか』と言ってくれたのだ」

そう言って、ジェサミンが前髪を後ろに撫でつける。野性味のある端整な顔立ちがあらわになった。

「顔を隠していたのは、その方がオーラをしっかり抑え込むことができるからだ。国民の前ではそうする義務がある。それに実際のお前を見たら、予想を修正する必要があるかもしれん。報告とは違って強欲で恥知らずな女だったら『お前を愛することはない』のひと言で追い返さねばならんからな。あの時点では、正体を隠さざるを得なかった」

そう言ってジェサミンは、気まずそうに顔をしかめた。

「俺の皇后になる女は、誰であれオーラに耐えられなければならない。だが、それだけで国で一番重要な女になどしない。できるか、そんなこと」

ジェサミンは真剣な表情で、真っすぐロレインの目を見つめた。

「皇后は多方面に影響を与えることができる。宮殿の未来だけじゃない、国全体と国民の未来もかかっているからな。真に価値のある女だと確信できない限り、その地位を与えるつもりはなかった。俺の代が皇后不在になる覚悟は、とうの昔にできていたし」

ジェサミンの言葉を聞いて、嬉しい、とロレインは思った。

彼の強い意志、皇帝としての並々ならぬ覚悟、統治者としての良識――サラと出会った日のエライアスには、欠片もなかったものたちだ。王太子の義務として、恋愛感情より国益を最優先しなければならなかったのに。

「不安と期待、緊張、いつにない高揚感。祭りの会場でお前を探しながら、体が震えたな。一体何が待ち受けているんだろうってな。救いの女神か、それとも……」

ジェサミンは息を吐き出すように「狂おしいというか、身が焦がれるというか」とつぶやいた。

「白と見まがうほど淡い金髪の、ほっそりした娘を見つけた。肌は白く透き通っていて、瞳はとてつもなく美しい緑色。化粧っ気もないのに、その娘がにわかに輝いて見えた。綺麗とか可愛いとか、そんな言葉では言い尽くせないと思ったな」

ロレインは顔が赤くなるのを感じた。褒められすぎて恥ずかしいけれど、心の中で喜びが膨れ上がる。

「女神を見つけたと思った。まるで現実とは思えず、夢を見ているような気分になった。ふわふわ浮いているような足取りでお前を追いかけた結果、ぶつかってしまったわけだが」

あのときのジェサミンがそんな状態だったなんて、想像もつかなかった。

ロレインはまじまじと彼を見つめた。顔の赤みは照れているせいか、酔っているせいか——多分、どちらもなのだろう。

「男としての俺はお前に見とれていたが、皇帝として俺はお前をしっかり観察していた。本当は髪を掻き上げたかったが……あのときの俺は興奮しながらも警戒心に満ちているというおかしな状態だったし、格好いいとはとても言えなかっただろうよ。顔を隠していてよかった」

ジェサミンがグラスを空にした。ロレインは黙って酒を注いだ。

「前髪の隙間から、お前の目を覗き込んだ。お前は目をそらさなかった。負けじと俺を見つめ返してきた。二四年生きてきて、あんなことは初めてだった。俺の目には荒々しいオーラの片鱗《へんりん》があったはずで……あの瞬間、お前がオーラに耐えられる希少な存在だとわかったんだ」

ジェサミンは深呼吸をして、さらに言葉を続ける。

「お前の内面が知りたくて、よく注意して見ているうちに、小さな子どもがお前にぶつかった。子どもの頭を撫でる姿が聖母に見えたな。思いやりがあって、寛容な心の持ち主だとわかった。間違いなく心正しい人間だと」

目をつぶって天井を仰ぎ、ジェサミンは口元を緩めた。

「オーラが強すぎて愛する人を作れず、尽きせぬ孤独にさいなまれていた俺だ。胸が躍るに決まってる。しおれた植物に水が与えられたように、全身が生き返ったような気分だった」

ジェサミンは目を開いて、こちらに向き直った。ロレインの頭に血が上りそうなほど熱いまなざしだった。

「つまり、お前のあの行動を見た瞬間に、はっきりと恋に落ちたんだ。生まれて初めて『神様ありがとう』と思った」

ロレインの目に、たちまち熱いものが込み上げた。

心のどこかに、オーラに耐えられるから皇后に選ばれたのでは、嫌だと思う気持ちがあったのだ。

オーラ耐性よりも、外見よりも、慎重に内面を見てから好きになってくれたことがたまらなく嬉しい。

ロレインはジェサミンの手をぎゅっと握り「嬉しいです」とつぶやいた。

「いままで味わったことがないくらい幸せです」

ロレインが言うと、ジェサミンがもう片方の手を伸ばして頰を優しく撫でてくれた。

「泣くな、泣くな。妻を幸せにするのが夫の役目だ。これからいくらでも幸せにしてやる」

ジェサミンはにこにこしていた。彼がかなり酔っぱらっているとわかったのは、再びグラスを摑んで水のように一気に飲み干したからだ。

ロレインは慌てて鼻をすすり上げ、ジェサミンにすがりついた。さっきより格段に顔の赤みが増している。

「ジェサミン様。ちょっと飲みすぎなのでは?」

「心配には及ばない。まったく最高の気分だ。いままでにないくらい舌が軽いぞぉ」

ジェサミンがへにゃっと笑う。すさまじい威力の可愛さに、ロレインは身震いした。

(とんでもなく可愛い……けど、飲ませすぎた)

ジェサミンは明らかにろれつが回らなくなってきている。ローテーブルには彼が飲み干した酒のボトルが置かれていた。

(普段はアルコール度数の高いお酒でも、まったく乱れない方だけど。今日はがぶ飲みしてたしなあ。模擬試合で疲れていたせいで、酔いやすかったのかも)

こんなに酔っぱらったジェサミンを見るのは初めてだ。

(正直な気持ちが聞けてよかったけれど、さすがにこれ以上は……)

ジェサミンの手が空のボトルに伸びる。彼は「ううん」と唸って、ボトルをおもむろに床に転がした。

「おかわりが必要だ」

そう気楽に言って、ジェサミンがふらふらと戸棚に向かう。ロレインもびっくりして立ち上がり、彼の腰に腕を回して体を支えてあげた。

「神経を落ち着かせるには酒が一番だなぁ」

ジェサミンの手が、超がつくほど高級なボトルに伸びる。

「いやそれ、めちゃくちゃ度数が強いお酒……！」

焦っているのはロレインひとり。ジェサミンは一旦こうと決めたら何があっても貫くタイプだし、ひどく酔っぱらっているし、やめましょうと言ってやめてくれるわけがない。

彼はボトルを手にお気に入りのクッションまで戻り、ふらりと倒れ込んだ。

「ジェサミン様っ！」

「だいじょぶだってぇ」

咄嗟に床に手を突いたロレインの頭を、ジェサミンはぐいと引き寄せた。そして額をロレインの額に押しつけ、ぐりぐりとこすりつけてくる。可愛すぎて身悶えするしかない。

すっかり出来上がってしまった筋骨隆々とした大男は、姿勢を正すとグラスになみなみと酒を注いだ。ぐびりと飲んで、照れたように笑う。

「まさか自分が恋に落ちるとはなあ。気がつけば二四歳で、恋にときめく年ではなくなったと思っていたのに」

頭を撫でてやりたい衝動にかられたので、ロレインは素直に従うことにした。

「気持ちいいな」

ジェサミンがゆっくり浅く息をつく。

「気に入りましたか?」

「おう」

にっこり微笑まれて、どうして手を止めることができるだろう。

「お前のことを知れば知るほど、惹かれてなあ。お前を喜ばせるためだけに、色んなことをした。実際の俺は仕事人間で、ひどく退屈な男なんだ。失望されたくなくてなあ」

ジェサミンはそう言って、もうひと口酒を飲んだ。

「俺の年齢で、初恋だぞ。実らないとしたら悲しいことだろう。そりゃ、お前は皇后になった現実を受け入れてくれたが。片想いだと思ってたし、嫌われるのが怖くてなあ。崩壊しそうな精神を強くしてくれるものが欲しくなった」

「好きって言葉ですか?」

「おう。世間の男たちは楽々と恋の駆け引きをやってのけるのに、俺ときたらまるで五歳児だったろ。わからないなら尋ねればいい、という単純な思考回路だ」

ロレインも微笑まずにはいられなかった。

「ジェサミン様が精いっぱい努力してくれていること、わかってました。それに私だって、出会った瞬間から惹かれていたし……」

ジェサミンは傲慢なのに嫌味なところがこれっぽちもなく、強引な態度の奥に思いやりが見え隠れしていた。ロレインは最初から、そういった内面がたまらなく魅力的だと思っていた。

「そ、そうだったのか？　いやまあ、俺ほど申し分のない男はこの世に二人といないしな！」

うははははは、と笑って、ジェサミンがグラスを空にする。おかわりが必要そうな顔をしているので、半分だけ注いであげた。

「お前を惚れさせるのは、不可能な挑戦じゃないと思ってたんだ。俺は常に望みを捨てない男だからなぁ！」

豪快にグラスを呷り、ジェサミンはロレインの肩を摑んでぐいっと引き寄せた。

「エライアスなんぞにお前はもったいない！　お前を愛する俺との暮らしこそが、お前にはふさわしいのだぁっ！」

ジェサミンはロレインの目を覗き込んで、にやりとした。

「サラなんぞと一緒になって幸せになれるか、はなはだ疑問だ。あいつの女の趣味は最悪だ。それに引き替え、俺の女の趣味は最高に良いっ!!」

ジェサミンは得意になって大声で笑う。それから、なぜかぺこりと頭を下げた。

「ありがとなぁ、ロレイン」

「お礼を言わなければならないのは私の方ですよ……」

婚約破棄という不当な目に遭って傷ついた心が、すっかり癒されてしまった。いまだかつて、これほど幸せだと感じたことはない。

「む……さすがに頭がぼうっとするな」

ジェサミンが目をこする。どうやらまぶたが重くなってきたらしい。ロレインは彼の肩に手を回し、背中にその手を滑らせて「膝枕をしてあげます」とつぶやいた。

その言葉には理性を失わせる力があったようで、ジェサミンは顔を真っ赤にしてもじもじしている。

「どきどきしてますか？」

「おう、すごくな」

「膝枕はきっと気持ちいいですよ。さあ、ジェサミン」

あえて『様』抜きで呼んでみる。なんだかいい気分だ。ジェサミンはおずおずと横たわり、すぐにうっとりした顔になった。

「ロレイン……俺はいま、またお前に……」

とんでもなく可愛い夫の頭を撫でながら、ロレインは「また？」と聞き返した。

「惚れた……全力でお前を愛して……」

酔いが完全に許容範囲を超えたらしく、ジェサミンの言葉はそこで途切れた。穏やかな寝息が聞こえてくる。

「しらふのときにまた言ってね、ジェサミン」

自分の声が、眠っているジェサミンの意識の中に響きますように。ロレインはそう祈りながら、生涯ただひとりの人の頭を撫で続けた。

第九章　皇后、過去と決別する準備をする

朝寝坊をしたのは、週に一度の休養日だからだ。そうでなかったらきっと、ロレインは一時間以上早くジェサミンを起こしていただろう。

いつもせわしなく頭を働かせ、しなければならないことがあるからとじっとしていない人だが、あれだけ飲んで朝から動き回る元気はないはずだ。

カーテンの隙間から朝の光が差し込んでいる。ロレインはジェサミンの側に横たわり、眠っている彼を見つめた。髪の毛が黄金色に艶やかに輝いている。

ふかふかの絨毯とクッションの山をベッド代わりに、体に柔らかな上掛けをかけて朝を迎えたのは二度目だ。

柱時計が鳴り、その音でジェサミンが目を開けた。

「ジェサミン、気分はどう?」

「ありがたいことに、だるくはあるが頭痛に襲われてはいないな」

「よかった」

その程度で済んで何よりだ。ジェサミンほどの素晴らしく頑強な体の持ち主でなければ、二日酔いの頭を抱えて目覚めたことだろう。

「昨日のジェサミン、可愛かったなあ」

ぽろりとそんな言葉が口をついて出る。ロレインはぱっと手で口を覆ったが、飛び出した言葉は戻せない。ジェサミンは顔を赤らめて、口をへの字に結んだ。

「ぐ……。どういう種類の弱みであれ人に見せるのは嫌いだが、お前は例外だ。た、たまには酔って心の奥底を打ち明けるのもいいものだな！　日々の重圧ですり減った心が癒されたぞ。それになんといっても、ありのままの俺の姿を見るのは皇后の特権だしな！」

わずかに眉を寄せて、やけっぱちみたいな声で言うのは照れ隠しだろう。ロレインは思わず唇を噛んだ。

（誰よりも男らしいというだけでも好きになる理由は十分なのに、たまに見せる可愛さで人をくらくらさせるんだから……）

次の瞬間、ドアをノックする音が響いた。二人揃って瞬時に体を起こす。

「陛下、お休みのところ申し訳ございません」

呼びかけてきたのはティオンだ。後宮は改装中だが、彼は管理人として皇帝と皇后の『公』と『私』を繋ぐ役割をしている。

ロレインはジェサミンと視線を交わした。ジェサミンが立ち上がって背筋を伸ばす。彼の顔つきはすでに『皇帝モード』だった。

「先ほど早馬が到着しました。マクリーシュに向かった一団が、宮殿まで三日の位置まで戻ってきているそうです。国王夫妻と王太子夫妻を伴っています」

ジェサミンが扉を開け、ティオンが静かな口調で続けた。ジェサミンの大きな体が扉を塞ぎ、ロレインの姿を隠してくれている。

「王太子夫妻の結婚式等の報告書も届いておりますが、ご覧になりますか?」

「見る。だが、身支度を整えるために少しの時間が必要だ。そうだな、一時間で支度する。報告書はロレインも読むから、会議室に準備を整えておけ」

「承知しました」

ジェサミンとティオンの声を聴きながら、ロレインはドレスの乱れを整えた。

「国王夫妻はともかく、エライアスとサラは怖気《おぞけ》を震って現れない可能性の方が高いと思っていたが」

扉を閉めて振り返ったジェサミンが、にやりと笑う。

「国のために、率直に謝罪するのが最善の道だと判断した……と思いたいですね」

彼らの訪問がどういうものなのか、ロレインは思いを巡らさずにはいられなかった。

普通に考えれば謝罪のためだ。ロレインが皇后になった事実は変えられないのだから、彼らはそれを受け入れて生きるしかない。

ファーレン公爵とレイバーン公爵、そして八人の令嬢たちは最短ルートを使ってマクリーシュへと戻った。帰着した日は、エライアスとサラの結婚式の前日か当日だったはずだ。

式が終わっても、招待していた諸外国の要人を送り出すのに数日かかったはず。いま現在宮殿まで三日の位置にいるということは、王家の人々はかなり急いだことになる。

「奴らの結婚式がどんなだったかを知る前に、まずは朝飯にしよう。腹が減っては戦はできぬだ」

「はい」

ロレインは皇后の顔に戻り、女官を呼ぶために紐を引いた。

三人の女官がすぐにやってきた。彼女たちはこちらの体調や気分、急いでいる状況を読んで、適切な食事をあっという間に用意してくれた。

食後、女官たちは少ない時間でロレインの身支度を整えるべく尽力した。

薄紫色のドレスに着替え、金色のガウンを羽織る。このガウンは皇后の証で、袖を通すときは身が引き締まる思いがする。

「今朝のロレイン様は、いつもよりさらにお美しいですわ」

ベラの言葉に、マイとリンがうなずく。ロレインは「ありがとう」と答えた。

その点で異を唱えるつもりはなかった。鏡に映る姿は、我ながらとても魅力的だと思う。ジェサミンに心から愛されていることがわかって、自信がついたせいだろうか。

時間通りに会議室に向かうと、ジェサミンはもう肘掛椅子に身を沈めていた。人を望み通りに動かす皇帝らしい威厳が醸し出されている。

「まあ座れ」

「はい、ジェサミン様」

ロレインは勧められた椅子に腰を下ろした。そして戦闘態勢に入ったように姿勢を正す。

ケルグが進み出てきて、ジェサミンとロレインそれぞれの前に報告書を置く。あらかじめ自分の分まで用意しておいてくれたことが嬉しい。

「短期間で、よくこんなにたくさんの情報を集めましたね……」

思わずそうつぶやいてしまうほど、報告書は分厚い。

「そのために三〇人も『皇の狂戦士』を残してまいりましたから。交代でコンプトン公爵の身の安全を守りつつ、情報収集や諸外国の要人との接触など、様々なことに対処させました」

ロレインはうなずいて、情報のたっぷり詰まった報告書を開いた。

ジェサミンも同じようにする。二人してしばらくの間、夢中で読みふけった。

「正直に言って、驚きを隠しきれません」

報告書を読み終えたロレインは顔を上げた。

ジェサミンの部下たちは策略の限りを尽くし、ありとあらゆる情報を集めていた。

「伊達に戦士たちに骨を折らせたわけではないからな。お前の名誉回復のためなら、費用も手間も惜しまんさ」

「ありがとうございます。サラは……私に痛い思いをさせようと思ったのが、何倍にもなって自分自身に跳ね返ってきたようですね」

ジェサミンに向かって小さく頭を下げ、ロレインはまた報告書に目を戻した。

人生をのびのびと満喫していた、自由奔放なサラ。ロレインの代わりとなる令嬢を送り込むという賭けがなんの甲斐《かい》もなく終わった後、彼女とエライアスの結婚式は簡素なものに変更されたらしい。

とはいえ三日三晩続くような最大規模の結婚式が、ごく普通の催しに変わっただけだが。世界中に自慢できるような式にしたい――というのがサラの望みだったが、さすがの彼女も我を通すわけにはいかなかったらしい。

「貴族たちは起きてしまったことの重大さを知って、急いでスピーチの内容を変えたのですね」

「エライアスがお前との婚約を解消した、偽りの理由を盛り込んでいただろうからな」

「私に追い打ちをかけることを期待していたサラは、当てが外れてさぞがっかりしたでしょうが……結局は私より彼女の方が、より恥ずかしい思いをしたことになりましたね」

「人は強い側につくからな。誰だって、お前から目の敵《かたき》にされたくないのだ」

確かにその通りなのだろう。

エライアスは『自由恋愛』に憧れる貴族に助力を仰いでいた。そしてサラは彼らの婚約者や令嬢を、侍女として大勢雇っていた。報告書には、そんな彼らがどんな立場に陥ったかも詳細に書かれていた。

「まさか私の出発後、マクリーシュで婚約破棄が多発していただなんて……」

「ああ。サラとエライアスのロマンチックなおとぎ話に憧れて、自滅の道を歩むことまで真似したらしいな」

「貴族社会の象徴であるエライアスが大恋愛をしたから、自分たちも恋愛結婚がしたいというわけですね。己の身分にふさわしい相手を捨てて、平民と駆け落ちした者まで……」

「マクリーシュの貴族政治は危機に陥った。国の将来を危険に晒したエライアスに、年配の貴族たちから非難が集まっている」

「ええ。父と同年代の貴族の中には、コンプトン公爵家に同情的だったり、態度を決めかねていた方たちがいらっしゃいましたから」

「息子や娘が婚約破棄の当事者となったことで、お前の価値を思い知ったらしいな。このまま国王とエライアスの支配が続けば、もっと大きな弊害が生じると思ったときに、お前が皇后になったという一報が飛び込んできたわけだ」

ジェサミンが顎を撫でる。エライアスがお金を湯水のように使ってサラを甘やかしてきたことも、状況をますます悪化させていた。

「国王の退位と、エライアスよりもふさわしい人物が玉座に就くことを望む者たちが増えている。貴族たち、傍系王族、そして近隣諸国の国王。マクリーシュの国王と王太子が最悪の判断を重ねてきたことを思えば、至極当然のことだな」

「はい。マクリーシュは債務国ですから。近隣諸国……債権国が、この状況を黙って見ているはずがありません」

マクリーシュは資源が乏しい国だ。昔から資金難に苦しんでいる。先々代の国王や、それ以前の国王が誠実な人柄で信用があったため、近隣諸国から資金調達ができたのだが……。

「現国王は気が弱いところがあり、統治者にはあまり……向いていませんし。エライアスにマクリーシュの命運を託すなど論外となれば……」

「債権回収を急ごうとするのは当たり前だな。それでなくとも、何度か返済期限を延期してやっているようだし。おまけに俺と対立したとなれば、どこの国も救いの手は差し伸べまい」

ロレインはうなずいた。国王夫妻とエライアスとサラ、四人が揃ってヴァルブランドへやってきた理由がわかった。

国王と王太子が同時に国を不在にするなど、通常では考えられない。しかしどうあっても、ジェサミンの許しを得なければならないのだ。

「報告書のこの部分の、ジェサミン様の巧みな手腕には頭が下がります」

「諸外国に対して、債権譲渡を持ちかけたことか」

「はい。世界中から信頼と尊敬を集めるヴァルブランドの皇帝が、債権を買い取ってくれるとなれば、堪忍袋の緒が切れかかっていた諸外国は安心しますし。まだ交渉中とはいえ、ジェサミン様の申し出を断るはずがありませんもの」

「まあ実際、圧力をかける必要もないほど交渉は順調だ。二、三日中には、譲渡を証明する書類が手に入るだろう」

そうなればマクリーシュは事実上、ヴァルブランドの支配下に入る。ジェサミンが言葉を続けた。

「このままだと内戦が起きかねないからな。俺が財政面での実権を握れば、ひとまず混乱は収まる」

「ジェサミン様……」

ロレインは胸の前で両手を握り合わせた。ジェサミンはマクリーシュという国そのものを守るために動いてくれたのだ。

エライアスとサラ、そして国王夫妻はもう彼に抵抗できず、その影響から決して逃れられない。

「皇后の母国が、衰退の道を突き進んでも困るからな。こっちに来ている四人が自滅の道を辿《たど》るのは勝手だが、罪のない国民が怯えて暮らすのは不憫だ」

ジェサミンの言葉に、ロレインは胸が温かくなった。

「お前は孤児院や救貧院、医療弱者のための診療所と、王妃がやりたがらない慈善活動を、ずっと肩代わりしていたんだろう。並大抵ではない医療知識がつくほどに」

ロレインは目を瞬いた。そのことを打ち明けた覚えはないから、外交官からの身上書に書いてあったのだろう。

「国王夫妻も王太子夫妻も、もはや自力では這《は》い上がれん。俺はマクリーシュを支配したいというより、お前が慈しんできた国民にとって最善だと思うことをしたいだけだ」

「ジェサミン様は本当に、世界で一番素晴らしい統治者です……」

「世界で一番素晴らしい夫という肩書も欲しいな。お前の名誉回復のために、国王夫妻と王太子夫妻には揃って頭を下げてもらう。許してやるかはねつけるかは別として、我が国まで出向いて謝罪したという事実が重要だからだ。その上でマクリーシュの平和のために、しかるべき処置を取る」

「はい……」

国王と王太子、そしてその妃たち――どう転んでも、彼らは厳しい道を歩むことになりそうだ。

エライアスとサラの贅の限りを尽くした生活を破綻させたのは、ロレインではなく彼ら自身。人生の転落は、二人が出逢《あ》った瞬間から始まっていたのだろう。

「さてロレイン、皇帝と皇后の仕事はこれくらいにしよう。今日は休養日だ。ついでに明日も休みにして、出かけようではないか」

「外出ですか？　一体どちらに……」

ロレインは首をかしげた。

「もちろん、エライアスとサラのありのままの姿を見に行くのだ」

ジェサミンがにやりと笑った。

「連中には馬車を駆り立て、ひたすら宮殿を目指してもらうことになっている。こちらはゆっくり準備を整えて出発しよう。目指すは奴らの宿泊場所。帝都の外れにある、俺の祖父《じい》さんが晩年を過ごした城だ」

ジェサミンが張り切った声で言う。

「俺の祖父さんはなんというか、ちょっと変わった人でなあ。一見しただけではわからない隠し通路や隠し部屋を、城の至るところに作ったのだ。子どもの頃に教えてもらって、あちこち探検して回ったものだ」

「持ち主は最高に楽しいでしょうが、宿泊客……国王夫妻とエライアス、そしてサラは気持ちよくくつろぐどころではないですね」

「なあに、強行軍で疲れているから気づきもしないだろうよ。それに戦士たちが、いつも連中を監視しているからな。プライバシーなどあったものではない。ついでにちょっと、隠し部屋から覗かせてもらうだけだ」

肩をすくめた後、ジェサミンはなぜか思案顔になった。

「念のため変装するにしても、俺は前髪を下ろして狂戦士の格好をするだけで済むが。お前の美しさを隠すのは、なかなかの難題だな。変装はお手のものなあいつらに、助力を願うか……」

ジェサミンはそう言った後、壁際に控えている部下たちの方を向いた。

「ケルグ、公爵令嬢たちを呼んでこい。ティオンは三つ子とばあや、他の守り役たちに支度をさせろ。せっかくの遠出だ、思いっきり楽しんだ方がいいからな」

ケルグとティオンが「仰せのままに」と頭を下げ、部屋から出ていく。

「さあ、俺たちも荷造りだ。女官たちに指示をすれば、どんな旅のどんな場面にも対応できる準備をしてくれるはずだ」

「は、はい」

ロレインが自室に戻ると、三人の女官は早速荷造りを始めた。彼女たちは顔を輝かせ、楽しそうに準備を進めた。

「ロレイン、お手伝いに来たわよ！」

「シェレミー！　わざわざありがとう」

「いいのよ。あ、パメラも来たわ」

シェレミーがそう言った直後に、レーシアとサビーネもやってきた。全員で笑みを交わし、早速『変装』の打ち合わせに入る。

「そうねえ、化けるとしたら侍女かしら。髪はアップにして、キャップの中に入れてしまえばいいんだし。深めに被って、眉も隠しちゃえばいいわ」

「かつらや髪粉を使うより手間がないわよね」

「顔の印象を変えるメイクの仕方を教えるから、しっかり覚えてね」

「見た目をごまかすための小物も貸してあげる」

やるからには徹底的に、という彼女たちの熱意と知識に、ロレインは後ずさりしそうになった。

いつか約束した街歩きはまだ実現していないが、彼女たちは息抜きをするにあたって変装を駆使していたに違いない。

「ファンデーションは濃いめにしましょう。アイシャドーとチークはオレンジ系がいいわね」

「このブラウンの眉墨で、左右非対称にそばかすを描くの。最後にパウダーをはたくと、より本物っぽくなるわ」

「口紅はナチュラルな感じがいいわね、やっぱりオレンジ系かしら。さっとひと塗りして……さあ、メイクは出来上がり」

「最後に、この大きな黒縁の伊達眼鏡をかけて、できるだけ顔を隠すの」

一時間もしないうちに、鏡の中には別人のようになったロレインが映っていた。

「すごいわ。見た目がこれほど変わるなんて……目を疑っちゃう。やっぱりあなたたち、その道のプロなのね」

　ロレインが言うと、すぐに四人分の笑い声が返ってきた。

「公爵令嬢から普通の娘に変わるのって、案外楽しいのよ」

「たまには息抜きしなくちゃ、疲れちゃうでしょ？」

「もちろん護衛は付けるけど、ひと目で貴族だってわかっちゃう格好はしたくないじゃない」

「せっかく街歩きするなら、気後れすることなく自由を味わいたいものね」

「私……あなたたちと友達になれて本当に良かった。色々と落ち着いたら、全員で街歩きに行こうね」

　ロレインは四人の令嬢に微笑みかけた。彼女たちが「もちろん」と揃ってうなずく。

「変装の手順はメモしておいてあげる。それから城に入る前に、念のため皇后の指輪は隠しておいた方がいいかも」

　シェレミーに言われて、ロレインは左手に輝くレッドダイヤモンドの指輪に目を落とした。

「そうね。革紐を結んで、首からかけておくわ」

　それからも四人はてきぱきと協力して、メイク道具をポーチに詰めたりメモを書いたりと、数々の準備をこなした。

「エライアスとサラのありのままの姿を見るっていうのは、素晴らしいアイデアだと思うわ」

「陛下の場合は自分が楽しむためじゃなく、純粋にロレイン様のためよね」

「そうそう。あの方はロレイン様のためなら、必要なことはなんでもするし。きっぱり過去と決別するためには、二人の真の姿を見た方がいいもの」

「そうしたらしっかり前を向けるものね。心の痛みに終止符を打って、大切なのは現在と未来だけって思えるようになるわ」

四人の言葉に、ロレインは曖昧な笑みを浮かべた。

「自分では、昔のことなんか少しも気にしていないつもりなんだけど……。うん、でもやっぱり、ちゃんと自分の目で見たいな。みんなのおかげで、何もかも用意が整ったわ。いつも私を支えてくれてありがとう」

「恩なんて感じないで。私たちの友情は一生ものなんだから、お互いに支え合っていきましょ」

シェレミーがはつらつと笑う。残りの三人も温かな笑みを浮かべた。

「準備は終わったか？」

ジェサミンが部屋の中に入ってきた。体の大きさと威圧感で、広いはずの部屋が狭く感じられる。

彼は身なりが地味になっているだけだった。紺色のスラックスにグレーのシャツ、黒光りする頑丈そうなブーツ。これで上から紋章入りのジャケットを羽織り、前髪を下ろして目を隠せば、皇の狂戦士の出来上がりだ。

戦士たちは長身で筋骨隆々、男らしさと厳しさがみなぎり、滅多に視線を和らげることがない。ジェサミンはオーラさえ隠せば、簡単に彼らに混じることができるのだ。

（こんな雰囲気の人たちが、脅迫するみたいに監視してるんだから……エライアスもサラもたまったものじゃないだろうな）

ロレインがそんなことを思っていると、親友たちがにこにこ笑いながらロレインの背中を押した。

「ご覧ください陛下、素晴らしい出来栄えですわ。ロレイン様が誰だかわからなくなったでしょう？」

「変装のコツは、皆がその人だと認める特徴をなくしてしまうことですから」

「それに、皇后ともあろう者が侍女の真似事をするはずがないですもの」

「いくら陛下でも、この姿のロレイン様を見分けることはできませんわ」

親友たちが揃っていたずらっぽい顔になる。彼女たちはジェサミンをからかうのが大好きだ。

「たしかに普通の女に見える」

ジェサミンが目を細め、ロレインを見つめた。普通というのは、市井《しせい》で見かけるような人々のことだろう。

「だがな。ロレインがどこにいようと、どんな姿をしていようと、たちどころに俺にはわかる!」

そう言い切るジェサミンの顔には迫力があり、自信に満ちている。ロレインは体温が急上昇するのを感じた。

「やだ、陛下ってばかっこいい……」

シェレミーが口元に手を当てる。

「ロレイン様、頬がまるで林檎《りんご》みたいに真っ赤よ!」

「え?」

パメラに言われ、ロレインは頬に手を当てた。

レーシアと「ラブラブね」と笑顔になり、サビーネが「いいなあ」とつぶやく。

「ああ、私も誰かと運命によって結びつけられたい」

「すぐに理想の相手探しに出発よ!」

「こうなったら、社交界の隅々まで探しましょ」

「何があろうと妥協はしないわ!」

四人が口々に言い、気合を入れて拳を振り上げる。

「騒がしいやつらだな」

ジェサミンが囁く。ロレインは満面の笑みを浮かべた。

「実は私も、彼女たちと同じくらい騒がしいんですよ」

ロレインはさらに付け加えた。

「私たちは最高の友達、一生の親友ですから！」

第一〇章　皇后、もう二度と振り返らないと決める

変装メイクを落としたロレインはジェサミンと一緒に、親友たちを皇族やそれに準ずる者が使える出入口まで見送った。踵を返したとき、走ってくる三つ子の姿が視界に入った。

「「「姉さまーっ!!」」」

カルとシストが駆け寄ってきて、ロレインの足にそれぞれ抱きついた。遅れたエイブが後ろに回り、ぎゅっと抱きついてくる。

「兄さまが旅行に連れていってくれるって。宮殿じゃないところにお泊まりするんだよ」

「ばあやも一緒にいてくれるって。家族旅行ってやつなんだって」

「僕たち、お行儀よくするって約束したんだ」

三つ子の顔に笑みが広がる。彼らにとってばあやは祖母のような存在で、ロレインは大好きな姉だ。

「カルもシストもエイブも、旅行は初めてなの？」

「うん、僕ら体が弱いからだめだったの。でもお医者さんが、いまならなんの問題もないって」

カルが誇らしげに言うと、シストとエイブも胸を張った。後ろから歩いてきたばあやが、

笑いながらうなずいている。

三つ子と一緒なら、エライアスとサラ、そして国王夫妻の様子を見る以外の時間は楽しく過ごせるに違いない。ロレインは順番に三つ子の頬にキスをして、それからジェサミンに微笑みかけた。

「では、出発するとしようか」

ジェサミンがロレインと視線を合わせ、にやりと笑う。

帝都の外れにある城までは、半日はかかる道のりだ。マクリーシュからの一行には早馬で、普通なら一日半かかる旅程を一日に凝縮するよう指示してある。

彼らはロレインたちが報告書を読んだり、旅の準備を整えたりする間もずっと移動していたから――夜も更けた頃、姿を見ることができるだろう。

親友と女官のおかげで準備がスムーズに終わったので、ロレインたちは昼前には出発することができた。

空は雲ひとつない上天気だ。

隠密行動用らしい馬車は見た目は質素だが、速さと快適さを両立した最新式。揺れが少ないので、三つ子の体にも優しい。好き嫌いが減って体力がついたとはいえ、負担は少ない方がいい。

見るものすべてが珍しいらしく、目を輝かせる三つ子と一緒になって、ロレインも窓の外の景色を楽しんだ。

何度も休憩を挟んで三つ子を楽しませ、夕食と変装まで済ませたロレインたちは、すっかり夜も更けた頃城の裏庭に馬車で乗り入れた。

灯《あか》りに照らし出されるその城は、さながらひとつの芸術品だった。この広さからすると、マクリーシュの王宮と同じくらいの規模かもしれない。

「この城でもてなされたら、誰だって嬉しいでしょうね……」

「実際は情報収集目的だがな。本当に大切な客人に対しては、ここは使わん」

エライアスたちはまだ到着していないらしい。ロレインは三つ子と一緒にわくわくしながら城の中に入った。さすがはヴァルブランド皇家が所有する城だけあって、おとぎ話に出てくるような豪華さだ。

「さあさあ、とてもいい子の若君たちはお休みしましょうね。今夜はぐっすり眠って、明日またたくさん遊びましょう」

「「「はーい」」」

ばあやの言葉に素直にうなずいて、三つ子は自分たちのための部屋へと移動していった。

「俺たちは隠し部屋へ行こう。こっちだ」

「はい」

ロレインはスカートの裾を翻し、ジェサミンの後を追った。くすんだ茶色の地味な侍女服姿で、教えてもらった変装メイクも完璧だ。もしいまエライアスやサラとすれ違っても、絶対に気づかれないだろう。

　使用人しか使わない狭い廊下を進む。ジェサミンが奥にある棚を弄《いじ》ると、横の壁が動いた。ぽっかり開いた空間に、上へと続く階段があった。

「この階段を上ると中二階がある。連中が使う居間の上になるんだ。下からは見えない構造になっているから安心しろ」

　中二階というのは、一階部分と二階部分の中間に設けられる階層のことで、一階部分と一体のものとして扱われることが多い。

　ロレインはジェサミンに続いて階段を上った。薄暗い小部屋のような場所に出る。そこは中二階とはいえ十分な高さがあり、ガラス張りの部分から下の居間を見渡すことができた。居間は白やグレー、黒といったモノトーンの家具で統一されている。

「これは特殊なガラスでな。こちらからは透き通って見えるが、下から見たら単なる黒いガラスにしか見えない。居間中が前衛的なデザインの壁に囲まれているから、連中は意識もしないだろう」

「すごい技術ですね……」

「祖父さんは発明家でもあったんだ。下から上へと、音の伝わりを強くする工夫も凝らされているから、声もしっかり聞こえるはずだ。連中が入ってくるまで、ソファに座ってくつろぐとしよう」

薄暗いとはいえ、動くのに困るほどではない。ロレインたちが腰を下ろしたとき、居間がにわかに騒がしくなった。

何人かの従僕や侍女がトランクを手に入ってくる。そして居間から続く扉の奥へと消えていった。どうやら居間を中心に、続き部屋が二つあるらしい。そこが各夫婦の寝室になるのだろう。

ついに国王が居間に入ってきた。年齢の割に素晴らしくハンサムな人だが、かつてはなかった深い皺がくっきりと刻まれている。

次に、やつれた顔をした王妃。相変わらず成熟した美しい女性ではあるが、ずいぶん老け込んだように思える。

王妃に続いて入ってきたのはサラだった。完璧な美しさは保っているが、かなりストレスがたまっているみたいだ。彼女から漂うぴりぴりした雰囲気まで、ロレインの元へと伝わってくる。

最後に入ってきたエライアスは——まるで別人のようだった。ロレインは思わず息を呑んだ。

ひと目見ただけで、彼がかなり体重を減らしたことがわかる。顔色は青ざめ、目の下には深い隈《くま》が出ていた。

（とても魅力的で、おとぎ話の王子様のような容姿だったから、当然のように女性に人気のあった人なのに……）

単に疲れているだけで、こんなひどい顔にはならないだろう。まるで生きるためのエネルギーまで、すっかり失われてしまったかのようだった。

「ああ疲れた。船から下ろされたと思ったら、ほとんど休みなく馬車を走らせて。私たちはマクリーシュの王族なのだから、もう少し気を遣ってくれると思っていたのに！」

サラは周囲を気にかけることなく、どさりと椅子に腰を下ろす。

王妃が苛立たし気に顔をしかめた。

「楽な旅ではなくて当然です。私たちがヴァルブランドへやってきたのは謝罪のためなのよ」

「それはそうですけれど……」

サラがぶうっと頬を膨らませた。

いまのロレインと同じ制服を着ている城の侍女が四人、銀のトレイを手に姿を現した。水の入ったポットや何品もの料理の皿、ワインのボトルなどを無言でテーブルに置く。

彼女たちが消えたところで、国王が痛みにうめくように椅子に座った。

「あなた……頭が痛むんですの？　花粉に弱いのですから、室内に飾ってある花を撤去してもらいましょうか？」

王妃が国王に駆け寄り、背中をさする。

「よい。いまの私たちに、ああしろこうしろと命令する権利はない」

「でも……旅に出てからというもの、あまりお食事もなさっていませんし。やはり、苦手なものくらいは伝えておいた方がよかったのでは……」

ジェサミンが首をかしげる気配がした。彼はロレインの耳元で囁いた。

(国王の健康状態が不安定だという報告はなかったが)

(医師は病気ではないと言っていますが、とにかく苦手なものが多い方なのです。食事の後に急に咳が出たり、ひどい痒みに悩まされたり。塗りたてのペンキのにおいで呼吸困難になったことも……神経質に暮らしていれば問題ないのですが)

(なるほど)

国王は「大丈夫だ」と王妃を手で遮った。

「ワインを飲んで、早く寝てしまおう。お前たちは食事をしなさい」

「でも、こんなに夜遅くなってから夕食だなんて……」

サラの愚痴を、国王はまた手で遮った。

「つまらない文句を言うのはやめなさい」

「つまらないことなんかじゃ――」

「黙りなさい、サラ」

国王の声は冷たかった。ずっと黙っているエライアスの目はうつろだ。

四人はぎこちなく食事を始めた。視覚的には完璧な料理だから、きっと味もいいはずだ。だが国王は感覚を鈍らせるようにワインばかり飲んでいるし、王妃とエライアスの手はほとんど動かない。

「……私にもワインを」

王妃がマクリーシュから連れてきた侍女に命じた。

「じゃあ私も。酔っぱらって現実から離れてしまいたいわ。だって、ちっともプライバシーがないんだもの」

サラの目が扉に向けられた。それは開け放たれたままで、廊下には監視をする皇の狂戦士が立っている。

水のようにワインを飲みながら、サラは「せめて扉を閉めてくれないかしら」とつぶやいた。

「新婚生活って、本当なら夢のように楽しいはずなのに。私もエライアスも世界中の笑いものになって、ロレインだって十分溜飲《りゅういん》が下がったはずよ。どうして新婚旅行を取りやめにしてまで、謝罪に行かなきゃいけないの？」

サラの言葉に、国王と王妃が同時にため息をつく。

「二度と皇后陛下を呼び捨てにしてはいけない。そして、いまだにおとぎ話のお姫様のような生活に未練があるのなら、きっぱり捨てなさい。私たちはヴァルブランドまで、身の安全を確保するために来たのだから」

「サラは本当に、曖昧な言い方では理解できないのね。いい？　私たちが生き延びるには、皇后陛下に誠意を見せるしかないの」

「そんな……。ロレ……皇后陛下が私たちの命まで望んでいるということですか？」

「そうではない。私たちの身の安全を脅かしているのは、傍系の王族や諸外国の国王たちだ。いまとなっては誰も、私やエライアスが統治者にふさわしいとは思っていない」

国王が指先で眉間を揉《も》みほぐした。

「皇帝陛下の出方しだいでは、クーデターが起きるかもしれないの。近隣の国々も侵略のチャンスを窺っているわ。権力の座から引きずり下ろされるだけならまだいい方よ。あのまま国に残っていたら、まず間違いなく誅殺《ちゅうさつ》されたでしょう」

王妃が深くため息をつき、ワインを口に運ぶ。

「そうだ。そうすることが、皇帝陛下に気に入られるための手段だと思っている輩《やから》は多い。私たちは皇后陛下を傷つけた大馬鹿者の大間抜けだからな。あの戦士たちは私たちを監視していると同時に、守ってくれてもいるのだよ」

サラがぽかんと口を開ける。国王はさらに言葉を続けた。

「他に手立てはない。唯一の希望は、世界で最も力のある皇帝陛下が、我が国を支配下に置くことだ。実際に、その方向で動いていらっしゃる。少なくとも、国民は血を流さずに済む……」

「そ、それじゃあ私はどうなるの？　王太子妃で、上には王妃様がいて、さらに上にロレ……皇后陛下ってこと？　そんなの――」

「王妃と王太子妃のままでいられるかどうか……」

王妃が悲しげにつぶやいた。

「サラとつまらない無駄話をしていても、この状況が変わるわけではないわ。さああなた、もうワインはやめて休みましょう」

「ああ……私が孫の顔が見たいなどと思わなければ。サラとでなければ子をなさないなどという、エライアスの脅しに屈しなければ。傍系に王位を譲りたくないなどと考えなければ……」

「酔っ払って、心が脆《もろ》くなっていらっしゃるのね。確かに、懸命に努力してきた皇后陛下を切り捨てたのは、私たちが犯した人生最大の誤り……」

王妃が国王の体を支え、続き部屋のひとつへ消えていく。

ロレインが知る二人は共に気が弱くて、揉め事や面倒くさいことを嫌うという点でもそっくりだったが――。

「なんなのよ、あの被害者みたいな口ぶり！　全部私が悪いみたいじゃないっ！」

サラが怒りを爆発させた。耳がきいんとするような声だ。

「どうして庇ってくれないのエライアス！　あなたが愛する私が傷ついているのよ⁉　あなたは私を守ってくれるって信じてたのに、王位継承者じゃなくなるかもしれないですって⁉」

サラは動揺し、思う存分エライアスに怒りをぶつけた。

「桁外れのお金持ちかと思ったら、経済力には限りがあったし！　最高の条件が揃った男だと思ったのに、とんだ期待外れじゃない。素晴らしい未来を信じて結婚したのにっ！」

エライアスは料理の皿にじっと目を落としている。

「なんとか言ってよエライアスっ‼」

サラに肩を揺さぶられて、エライアスがゆっくりと顔を上げる。

「サラ……君はいつだって、自分のことしか頭にないんだね」

感情のこもっていない声で、エライアスがぼそりとつぶやいた。

「父上はああいう体質で、長く苦しんでいる。環境が変わる旅行は辛いんだよ。ただでさえ僕らのせいで、このところ調子がよくないのに」

「侍医からは病気じゃないって言われてるんでしょ。苦手なものが多いって、ただの甘えじゃないの。それより私のことを心配してよ！　ねえ、これから生活が一変するの？　私たちが王太子夫妻じゃなくなったら、誰が後釜に座るの⁉」

「いい加減にしてくれよっ！　君のそのキンキン声で、気が変になりそうだよっ‼」

怒鳴るエライアスを見て、サラは信じられないと言うように目を丸くした。

「な、なによ。守ってくれると信じて結婚したのに。私が望むものをすべて与えるって約束してくれたのに……っ！」

エライアスがサラに鋭い視線を向ける。

「君だって約束したじゃないか。僕に安らぎを与えると。立派な王太子妃になれるよう、日々努力すると」

エライアスが唇を歪めた。

「僕は愚かにもそれを信じたが、大嘘もいいところだった」

「ひ、ひどい。私だって頑張ってるのに！」

「そう？　僕は君と結婚してから、ただの一度も安らいだことがないよ。絶えず耳元で要求を叫ばれた覚えしかない」

「ひどい、ひどい――あなた、私の我儘を叶えるのが幸せだって言ってたじゃない！　私が愛したエライアスはどこにいっちゃったのっ⁉」

サラが身を乗り出し、激しい口調で言った。エライアスは椅子の背もたれに寄りかかり、両手で耳を押さえる。

ロレインは我が目を疑った。おとぎ話の中のカップルのように熱烈に愛し合っていたのに。周囲が目に入らないほど、いちゃつくのに忙しくしていたのに。

「いまさら君を責めても仕方がないな。僕はむしろ、自分を責めるべきだ」

そう言ってエライアスは、全身から力が抜けたようにうなだれた。

「僕は小さい頃から出来が悪かったからね。親を失望させるのは珍しいことじゃなかった。いつだって、駄目な方にわざわざ首を突っ込む……」

「な、何を言い出すのよ」

サラは疑わしげな目でエライアスを見た。

「黙って聞いてくれ、僕なりに心の整理をしているんだから」

エライアスは突然、不気味なほど低い声になった。サラが唖然とするほどに。

「確かにさ、父上は病気とは診断されていないよ。でも父上の人生は、控えめに言っても障害だらけだったんだ。誰にも理解されない体調不良が続けば、長生きできないと思っても仕方がない。ひとり息子は才能が欠如しているし……後のことを、すべてに秀でた人物に任せたいと考えたんだよ」

「それって……」

サラは言いかけたが、鋭く睨みつけられて口を閉じた。

「そうだよ。慈悲深い領主として人望の厚いコンプトン公爵の娘——八歳にしてたいそう評判のよかったロレインだ。父上は僕に、彼女のような向上心を持ってほしかったんだ。

僕は欠点を指摘された気がした。父上とロレインに対する反抗心がむくむくと頭をもたげたよ」

　エライアスは顎を上げ、ふっと息を漏らした。

「ロレインだって、なりたくて僕の婚約者になったわけじゃないだろうに。不当に彼女を責める権利なんかなかったのに。同い年の女の子より劣っていることが悔しくて、よそよそしい態度を取り続けた。傷ついたプライドを救いたかったんだ。気がついたら彼女は、僕に変化を期待することをとっくにやめていた」

「ど、どうしてそんな話をするの……？」

　サラに非難のまなざしを向けられても、エライアスはおざなりな返事すらしない。

「自由に恋愛ができたら、どんなにか幸せだろうって思ってた。ひと目惚れがどんなものか知りたい、きっと素敵だろうなって。そして君に出会って……なんて可愛い子だろうって感動したんだ。君こそが運命の相手だと」

「そ、そうよ！　私があなたに、いままで経験したことのない喜びを与えてあげたのよっ！」

「そうだね。僕はすっかり君に惚れ込んで、現実を見失った。こんな惨状の中で暮らすことになるとも知らずに」

「なんですってっ⁉」

　サラの目つきが一層険しくなった。エライアスが静かに笑う。

「君がロレインのことを嫌うのは、やきもちを焼いているからだと素朴に信じていたんだ。一〇年も婚約者だったから、妬んでるんだろうって。でもさ、サラ。君はロレインに嫌な思いをさせるのが楽しいだけだったんじゃないか？　君って誰かを傷つけるとき、ひどい目に遭わせるとき、これ以上ないほど幸せそうだよね」

「ひどい、ひどい！」

サラはわめき、椅子に座ったまま足をバタバタさせた。

「わ、私はただ、あなたの心の中心にいたかっただけよ！」

「だったらどうして僕の支持者や、侍女になってくれた令嬢たちにまで『得意の戦術』を教えたの。嘘をついたり欺いたりして、他人の婚約者を奪う方法を。身に覚えがないとは言わせないよ」

サラがぎくりとした顔になる。だが次の瞬間には、すっかりむくれてしまった。

「だって、高位貴族っていうだけで決められた相手としか結婚できないなんて、かわいそうだと思ったんですもの！」

「高位貴族の婚約者はやっぱり高位貴族だよ。婚約破棄が多発して、踏みにじられた側の貴族から、僕たちはかなり恨まれてる……」

「あ、愛がなければ、結婚なんて上手くいくはずがないわ！　私は水を向けただけで——婚約破棄を選んだのは本人たちよっ！」

「ありもしない話をでっちあげて、中傷に満ちた噂を広め、相手を噂好きな連中の餌食にして。それこそが真相だと定着させる。ロレインのとき、僕は頭がお花畑になっていて――君を盲目的に溺愛するばかりで、なんの疑問も持たず口出しもしなかったけど……君のやったことは残酷すぎたよ」

「私ひとりのせいみたいに言わないで！」

「うん――ごめん。僕はすべての報いを受けるだろう。いいや、すでに受けている。愛に目が眩《くら》んで、君に贅沢極まりない生活を許し、マクリーシュの財政を破綻させた。君が他人の婚約をめちゃくちゃに壊すのも止めなかった。僕を信頼し、敬意を抱いてくれる人なんて、もうどこにもいない」

「もうたくさんっ！」

サラは荒々しく席を立って、毒のある目つきでエライアスを睨みつけた。

「あなたって本当に無能なのね。ごちゃごちゃ言ってないで、これからの身の振り方を考えてよ。私の望む富と贅沢を手に入れる方法を考えなさいよっ！」

エライアスは世界中の重荷を背負っているかのように、がっくりと肩を落とした。

「無能は無能なりに、愚行の結果を潔く引き受けるよ……。君を増長させたのは僕の責任だ。恵まれた生活が続けられるはずはないが、一生の面倒は見る」

顔を真っ赤にして口をぱくぱくさせるサラに構わず、エライアスはさらに言葉を続けた。

「サラ。なんとしてでも君を欲しがるような男は、もうどこにもいないよ。僕たちの悪影響で人生を乱された多くの貴族に、命を狙われるほど恨まれているんだから。自分たちの愚かさにきちんと向き合って、ひっそり暮らしていくしかない。それすらも、ロレインが許してくれたらだけど……」

「もういい！　もう聞きたくないっ!!」

サラは動揺したように大きな声を出し、扉に向かって駆け出した。廊下に出ようとする彼女の行く手を、皇の狂戦士たちが塞ぐのが見えた。

「行こう」

ジェサミンが立ち上がり、階段へ向かう。

「は、はい」

ロレインは慌てて後を追った。息を詰めて階段を下り、もと来た廊下を足早に進む。二つ目の角を曲がった途端に、サラの姿が目に飛び込んできた。

監視役——実は護衛でもある——の皇の狂戦士に睨まれて、サラは青ざめてぶるぶる震えている。

彼女はその場に座り込んで、小さな子どものように大声を上げて泣き始めた。

特殊なガラス越しではなく、じかに見る彼女はもう少しも美しくなかった。すっかり肌が荒れているし、髪にも艶がない。

部屋から出てきたエライアスが、そっと両手を彼女の肩に置く。

わずかな距離しか離れていないのに、二人ともロレインに気がつかない。もちろん変装のおかげだ。彼らの顔をしっかり見たいロレインには、ありがたいことだった。

「サラ……ヴァルブランドの方々に、迷惑をかけてはいけない」

消耗し、やつれきったエライアスは、これまでに見たことのあるどのエライアスとも違っていた。厳しい未来から逃れることができないことを悟っている――そんな顔だ。

彼らがここまでひどい状態になったのは、ほぼすべてが自らの行いのせい。同情の余地はない。ロレインが皇后にならなくても、いずれ誰かが反旗を翻しただろう。

ロレインから見られているとも知らずに、サラは駄々っ子のように泣き続けている。彼女の傍らに、エライアスが膝をついた。

「ほら、行くよ」

すっかり力が抜けたサラの体を、エライアスが両腕で抱くようにして立ち上がる。

ロレインがマクリーシュを旅立ってから、もうすぐ二か月。その短い間に、エライアスとサラは幸せの絶頂から絶望までを味わったのだ。

「あの子はこれからようやく、現実を直視するんですね……」

ロレインは小さくつぶやいた。

サラのやったことを思えば、彼女は罪悪感を覚えるべきだし、深い自責の念に苦しむべきだと思う。ロレインを含む、心の傷や屈辱を受けた人のためにも、己を見つめ直して反省してほしいと思う。

エライアスはサラを引きずるようにして部屋に戻り、もうひとつの続き部屋の奥へと消えていった。

（さようなら、エライアス）

ロレインは心の中でつぶやいた。

人生の最初の章が閉じた――そんな気持ちだった。子ども時代から思春期にかけて、ロレインはずいぶん苦しんだ。

『同い年の女の子より劣っていることが悔しくて、よそよそしい態度を取り続けた。傷ついたプライドを救いたかったんだ』

エライアスの言葉を思い出す。婚約していた一〇年間、彼もまた葛藤し苦悩していたことがわかった。

真剣に王太子妃として、王妃として生きていこうと思っていたし、その気構えは十分にあったつもりだけれど。たとえサラが現れなかったとしても、ロレインは報われることの少ない人生になったのではないだろうか。

いまのロレインの幸せは、ある意味ではサラのおかげで――考えてみれば、なんとも皮肉な話だ。だからといって、彼女に感謝すべきということにはならないとは思うけれど。

「国王夫妻とエライアスとサラ。奴等の処遇について、何か希望があるか?」

ジェサミンに問われて、ロレインは少し考えてから「いいえ」と答えた。

「すべての決断は、ジェサミン様に委ねられるべきだと思います」

ロレインは微笑んだ。

「正直なことを言うと……いまの私は複雑な感情に襲われていて、整理がつかないんです。一番勝っているのが、マクリーシュを救いたいという気持ちです」

「わかった。マクリーシュのために一番よかれと思うことをしよう」

ジェサミンがうなずく。

「さあて、もう寝るか。明日は三つ子を思う存分遊ばせてやらねば」

両手で髪を掻き上げ、ジェサミンがにやりと笑った。

「ということは、四人はここで足止め……あ!」

ロレインは自分の胸に手を当て、ジェサミンを見上げた。

「あの。私はこの城でも、皇后として仕事をしてもいいですか?」

「もちろん。自分のしたいようにすればいい」

「ありがとうございます。捨て置くのは私の流儀ではないというか、対処しておきたいことがあって。早速――って、この格好で『皇后です』って言っても、誰も信じてくれませんよね?」

ロレインは動きかけてすぐに立ち止まった。ジェサミンがぷっと吹き出し、ロレインの背中を押す。

「俺と一緒なら問題ない。誰を呼べばいい？」

「ええっと、厨房と部屋係に指示を出したいのですが」

ロレインはジェサミンと一緒に歩き始めた。心の中でもう一度「さよなら」を言う。エライアスたちの部屋を振り返ることはしなかった。

第二一章 最強夫婦、すべてを丸く収める

それから三日後、ついにマクリーシュからの一行がジェサミンに謁見する日になった。

「皇帝陛下、皇后陛下。お目にかかれて光栄です。拝謁をお許しいただき、心より感謝しております」

マクリーシュ国王が深々と頭を下げる。王妃とエライアス、そしてサラがそれに倣った。

「うむ。顔を上げよ」

玉座に座るジェサミンはオーラをかなり抑えていたが、その圧倒的な存在感で謁見室を支配していた。

王妃もサラも怯えずにいることは不可能で、特にサラは血の気を失いガタガタと震えている。

いまにも叫び声が口から飛び出しそうな表情だが、懸命にこらえているところに、ロレインは彼女の変化を感じ取った。

国王が一歩前に進み出る。

「私共は今日、一縷《いちる》の望みに懸けてここに参りました。マクリーシュを救ってほしいと懇願するためです。ですがその前に……皇后陛下の多大な温情に感謝申し上げます。陛下は

寛大にも、私の体調に影響を与える花や食物を取り除くように手配してくださったとか。ご親切にありがとうございます」

感謝の言葉を述べた国王の体調はよさそうだった。ロレインは笑顔を返事に代えた。誰であれ、体の不調で苦しんでいる人を捨て置くことはできない。

「こちらの宮殿も、皇后陛下の人柄同様、温かく心地よい雰囲気に満ちていて……皇后陛下がヴァルブランド帝国にふさわしい威厳を以《もっ》て、見事に切り盛りしていらっしゃることがわかります」

「ああ。最高の皇后だ」

ジェサミンがためらいもなく言った。

確かにロレインは宮殿を最良の状態に整えていた。どんな場合でも皇后としての仕事をやり遂げると、自分に誓っていたから。

「そんな素晴らしい皇后陛下に、私たちは取り返しのつかないことをしてしまいました……」

国王が言い、王妃が顔を歪める。彼らは本当にすまなそうな様子だった。

「私共の行った残酷な仕打ちを考えたら、謝罪などけんもほろろに拒否されても仕方ありません。一〇年もマクリーシュのために尽くしてくださったのに……」

「過ちを犯したのも、とんでもない愚行に走ったのも私です」

国王を庇うように、エライアスが声を発した。

「私はどうしようもなく馬鹿な男で、自己中心的で卑劣でした。王太子であることにうぬぼれ、義務よりも心の声を優先させて生きてきました。皇后陛下を踏みにじって得た幸せは長続きせず……すべて自業自得です。あまりにも単純で、救い難いほど愚かでした。言葉での謝罪程度で許されないことは、よくわかっておりますが。皇后陛下……本当に申し訳ございませんでした」

エライアスが頭を下げる。

ロレインは初めて、彼から王太子らしい落ち着きを感じた。その地位を失う間際にようやく、生まれに恥じない態度ができるようになったらしい。

以前なら激しい大爆発をしただろうサラの顔から、自分のやったことに対する後ろめたさや後悔の念が見て取れる。彼女も深く頭を下げた。

ジェサミンがロレインを見る。ロレインは無言でうなずいた。

「我が皇后に対する謝罪を受け入れる。物笑いの種になるのはお前たちであり、ロレインの人生にはなんの汚点もない」

ジェサミンの表情から、ほんの少し険しさが消えた。

「さて。マクリーシュ王国の今後と、お前たちの処遇だが」

ジェサミンの言葉に、国王は血の気が引くほど強く唇を噛んだ。かなり緊張しているらしい。

「この謝罪で莫大な負債が帳消しになるわけではないし、傷つけられたり辱められたりした貴族たちの心が安らぐわけでもない。お前たちは責任を負わなければならない」

「は、はい」

「愚かな人間と権力は、決して良い組み合わせとは言えない。王族の地位は剝奪する。その上でお前たちの身柄を拘束し、ヴァルブランドの監視下に置く。心身に問題を抱えた人間を集めた島があるのだ。そこで多少苦痛を味わってもらう。それくらいしなければ、納得できない人間が多すぎるのだ」

「……はい」

国王とエライアスが身震いする。王妃とサラは、絶望の目でジェサミンを見つめた。

「ちなみに、その島は医学の研究が盛んでな」

ジェサミンがついでのように言う。

「体調に悪影響があるほど苦手なものがある――そういう体質について研究している連中もいる。免疫反応がどうとか言っていたかな。研究のために利用されることになるが、誰にも迷惑をかけないようひっそりと暮らすことはできるだろう」

ジェサミンの言葉がじわじわと脳に染みわたったのか、国王と王妃が顔を見合わせた。

「それから、そこの娘。お前は明らかに精神のバランスを欠いている。先天的なものか後天的なものかは知らんが、普通の人間よりも多くの内なる悪魔を抱えているようだ。人畜無害ではない人間専門の医者がいる。つまり、お前もまた実験材料だ。強制的にセラピーだかカウンセリングだかを受けてもらう」

そう言ってジェサミンは、ふんと鼻を鳴らした。

「それが生き残るための唯一の方法だ。その娘の邪悪な性格が矯正できるかは知らんが」

エライアスが信じられないというような表情になる。

「私たちの命を、救ってくださるのですか……?」

「お前たちにさんざんひどい目に遭わされたロレインが、過激なことを望まんのでな。言っておくが、施設は要塞並みに堅牢《けんろう》だ。島の警備は万全で、逃げ出すことは難しい。自分たちの生活費をまかなう余裕もないのだから、せいぜい医学の発展のために役に立て!」

もう話すことはないとばかりに、ジェサミンは虫を追い払うように手を振った。

「マクリーシュのことは心配するな。当面は俺が采配を取る。我が皇后はあの国を熟知し、国民を愛しているからな。これ以上の相談役はおらん」

エライアスが黙って涙を拭う。

ロレインは静かに口を開いた。

「あなた方の結婚は、何ひとつよいものをもたらしませんでしたが……いつかお互いをきちんと理解し、思いやれる関係になってほしいと思います。そうなったときに初めて、自らの行いを反省することができるでしょうから」

もう二度と顔を合わせることはないだろう。そう思いながらロレインは「お元気で」と微笑んだ。

マクリーシュにとっては明るい展望が開けた。いまから島へと送られる四人の未来が明るいとは限らないが、そうであればいいと願う気持ちはある。

ジェサミンがまた手を振る。皇の狂戦士たちに追い立てられるように、四人は謁見室から出ていった。扉が閉まる前に全員が振り向き、こちらに向かって深く頭を下げた。

「ありがとうございます、ジェサミン様。現状で許される最良の判断をしてくださって」

ロレインが微笑むと、ジェサミンが盛大に鼻を鳴らした。

「俺はもっときつい制裁を下したかったが、お前が嫌がるのはわかっていたからな！　まあいい。これでお前の人生最悪の出来事に、ようやくけりがついた。前に進むぞ、前に。早速マクリーシュへ出発だっ！」

「負債の問題もありますし、王位継承の問題も……恒久的に続く平和の道を見つけるまでは、時間がかかりそうですね」

ジェサミンが「まあな」と笑う。ロレインも笑った。お互いがいればなんだってやれないことはないと、ちゃんとわかっていた。

（マクリーシュを立ち直らせるために、私にもすべきことが……できることがたくさんある）

ロレインの心に、頑張ろうという気持ちが強烈に湧き上がってきた。

マクリーシュの国王夫妻、そして王太子夫妻は玉座に別れを告げなくてはならなくなった。表面的な部分だけ見れば、ジェサミンは慈悲の心などまったく持ち合わせていないように思えるだろう。

島流しという厳しい処分を下し、引導を渡したのだと、人々は震え上がるに違いない。

（でも医療施設のある島は、国王にとっては身を隠して療養するのに最適な場所……）

第三国に追放したり、修道院に送ったりという選択肢もあった。しかしその場合、元からそこで暮らしている人たちによけいな重荷を背負わせることになる。

（それにサラの心は……人として重要な部分が欠けている。他人の悲しみや苦しみに対する感受性が乏しい。自らの愚かな行為によって失ったものの大きさを知るために、精神的に成長してほしい。心のお医者様が、彼女を真の反省に導いてくだされればいいのだけれど）

大変な道のりであることは確かだし、決して容易ではないだろう――それでもヴァルブランドの医学に、ロレインは一縷の希望を見出していた。

「ジェサミン様、マクリーシュへの出発はいつですか？」

ジェサミンに尋ねると、彼は声を上げて笑った。

「さっき『早速』と言っただろうが。すぐに、大急ぎで、大至急出発せねばならん。俺たちの新婚生活を完璧なものにするためにな！」

ロレインはどきりとし、心臓がおかしな具合に飛び跳ねるのを感じた。

『お前に手を出すのは、筋を通してからと決めている』

いつかのジェサミンの言葉を思い出し、顔が熱くなってしまう。

「約束通り仕事に精力を注ぎまくって、まとまった時間を捻出したのだ。女官たちに荷造りするように指示してある。あとは俺たちが、即座に行動に移すだけだ」

「ジェサミン様……！」

ロレインの心は舞い上がった。生まれ育った国、忘れられない我が家、かけがえのない父のいる場所。本当は帰りたくてたまらなかった。

きっとジェサミンは凄まじい意志の力で大量の仕事をこなし、長期の休みを手に入れてくれたのだろう。

ロレインが感謝を捧げようとしたとき、謁見室の扉がわずかに開いた。三つの小さな顔が部屋の中を覗いている。

可愛い宝物である三人が扉を押し開き、こちらに走り寄ってきた。

ロレインは玉座のある壇から下り、屈んで両手を広げた。三つ子がしっかとしがみついてくる。

「姉さま、お国に帰るって本当？」

「兄さまも行くんだよね？」

「僕たちも行きたい！」

「みんな……」

三つ子にせがまれて、ロレインはどう答えたらいいかわからなかった。

もちろん彼らを連れていくのがベストだ。置き去りにしたら罪悪感にさいなまれるだろう。

しかしヴァルブランドの皇子である彼らを、おいそれと国外に連れ出すことはできない。

「ごめんね。マクリーシュはとても遠い上に、不安定な状態なの。この埋め合わせはきっとするから……」

「「「やだ！　一緒に行きたいいいい!!」」」

三つ子はかぶりを振り、躍起になってロレインの周囲を飛び回った。ロレインは一番近くにいたカルの小さな体を両手で包み込んで、なんとかなだめようとした。

ジェサミンが右手でシストを、左手でエイブを抱き上げる。

「カル、シスト、エイブ。我儘を言うんじゃない。今度の旅は、楽しむ余裕はほとんどないんだ。俺たちが留守の間、お前たちが国を守らないとならんのだぞ」

なだめすかすような言葉にも、三つ子は納得してくれなかった。ロレインが困り果てていた次の瞬間、守り役のひとりが室内に飛び込んできた。

「こ、こちらにいらっしゃいましたか……っ！」

守り役は肩で息をしていて、疲れ果てたような顔をしている。どうやら三つ子は、周囲を仰天させるいたずらっ子ぶりを発揮したらしい。

少し遅れてばあやと、なぜかティオンも入ってきた。

「おやおや若様方。大好きなお兄様とお姉様が旅立つと聞いて、じっとしていられなくなったのですね」

近づいてきたティオンの目がきらりと光った。

「カル様、シスト様、エイブ様。お利口にお留守番をしていたら、スペシャルなお土産があるかもしれませんよ？」

カルが目をしばたたく。シストとエイブも目をぱちくりさせた。

「「「おみやげ？」」」

「ええ。最高に可愛らしい『甥《おい》』か『姪《めい》』というお土産です。若様方は『叔父様』になれる『かもしれない』のです。これは若様方がなりたがっていた『お兄様』と、ほとんど同じ立場と言っていい。つまり『妹』か『弟』のようなものができる『かもしれない』ということ……っ！」

ティオンの言葉に、ロレインはさすがに息を呑まずにはいられなかった。ジェサミンも同じようだ。一応『かもしれない』の部分を強調してくれていたけれど。

「いもうと、おとうと！」

カルがはしゃいだ声を上げた。

「僕、おみやげそれがいい」

シストがにっこりする。

「がまんしてお留守番する!」

エイブがうきうきした声で言った。

(よ、ようやく得心してくれたのはよかったけど……っ!)

どうやら後宮の管理人たるティオンには、ロレインたちが本当の意味で結ばれていないことがバレていたらしい。

ロレインがかろうじてうめき声を呑み込んだとき、ばあやが微笑みかけてきた。

「若様方のことはお任せくださいませ。お三方とも『叔父様』という新しい役割がお気に召したご様子。きっといい子でお留守番してくださるでしょう。とはいえ、コウノトリのご機嫌次第であることもお教えしておきます」

「あ、ありがとうばあや……」

すでに三つ子と家族同様の温かい関係を築いたばあやは、ヴァルブランドに骨をうずめる覚悟だ。

かつてのロレインがそうだったように、三つ子は愛されていると実感しながら成長することができるだろう。本当に感謝しかない。

「じゃ、じゃあジェサミン様。私たちは行きましょうか……」

ロレインはジェサミンを見上げた。ジェサミンが「おう」と答える。

その力強い口調とは裏腹に、彼の顔はかつて見たことがないほど真っ赤に染まっていた。

そうして慌ただしくヴァルブランドを旅立って一週間——ロレインとジェサミンを乗せた馬車が、コンプトン公爵家のタウンハウスに近づいている。

（とうとう帰ってきた……）

ロレインは馬車の窓から見える懐かしい風景を、夢中になって眺めていた。どこの家にもヴァルブランド帝国の国旗が掲げられ、初めてのお国入りを歓迎してくれている。

婚約破棄によって未来の王太子妃という地位を追われ、国民にとって好ましからざる人物となったロレインが、ヴァルブランドの皇后として戻ってきたのだ。歓迎のために沿道に並ぶ人々を見て、感慨深いものを感じる。

マクリーシュ側の役人たちも、皇帝と皇后の滞在を素晴らしいものにするため全力を尽くしてくれていた。万全の警備の中、ロレインとジェサミンを乗せた馬車が王都を駆け抜けていく。

（最初にマクリーシュを旅立ったときは、途中の国々で煩雑な手続きが必要だったけど。今回はすべてが簡略化されて、あっという間に着いちゃった。普通なら三週間かかるところが、一週間に短縮される理由がわかったわ。最短経路とジェサミンの威光の合わせ技だったのね）

これほどの時間短縮をやってのけるヴァルブランド皇帝の力の大きさに、ロレインは改めて感動を覚えた。

「もうすぐお父様に会えると思うと……胸がどきどきしちゃう」

ずっと窓の外を見ていたロレインは、笑みを浮かべて振り返った。王宮よりも先にコンプトン公爵家を訪れるのは、ジェサミンたっての希望だ。

「お、おおおう、そっそそ、そうだな！」

上ずった声が返ってくる。ロレインはようやくジェサミンの様子がおかしいことに気づいた。

「た、大変！ ジェサミンってば汗びっしょりになってるっ！」

ロレインはびっくりしてジェサミンを見つめた。彼は顔に大量の汗をかき、息まで切らしている。

「具合が悪いの？ もしかして馬車に酔った⁉」

慌ててハンカチを取り出し、ジェサミンの顔の汗を拭う。彼は「違う」とうめいて、眉間の皺をさらに深くした。

「こ、怖くてたまらんのだ。俺に会って、お前の父親ががっかりするんじゃないかと！ 結婚の挨拶というのは、こんなにどきどきするものなのか⁉」

ジェサミンの口から飛び出した言葉に、ロレインは呆気《あっけ》にとられた。我が目と我が耳が信じられない。

「オーラしか取り柄のない男に、娘はやらんと言われたらどうすればいいっ⁉︎」

ジェサミンはそう言って、両手で顔を覆ってしまった。心の不安が、体の周囲でちらつくオーラに表れている。恐怖にすくんだ彼の姿など、これまで見たことがなかった。

「冷静になってジェサミン。どうしてそんな、とんでもない発想になるの？　あなたは私の名誉を救ってくれたのよ。あなたに愛されて、私は世界で一番恵まれた女性になったの。お父様だって大喜びのはず。何ひとつ、心配する必要なんかないわ」

父子家庭だったから、世のほとんどの父親より遥《はる》かに多くの時間を一緒に過ごしてくれた。しかし父から溺愛され、甘やかされて育ったというわけではない。

「お父様は私にベッタリってわけでもなかったし。性格的にも理不尽なことを言うタイプじゃないわ。恐れることなどないのよ」

ロレインは一生懸命、心配しなくてもいいということを伝えたが――ジェサミンにとっては気休めにもならないようだ。

「なんと言われようと、どうしても気分が落ち着かないのだ。コンプトン公爵から、大切なひとり娘を奪う男であることは、まぎれもない事実なのだし」

「だ、だからってジェサミンが、歓迎されない相手ってわけじゃないわ。お父様的には、むしろ奪ってくれて大歓迎だと思うんだけど。そりゃあ、私が遠方に嫁いだことを、ひそかに残念がっているかもしれないけど」

「やはり、俺を諌《いさ》める理由があるではないか……！」

ジェサミンの全身ががくがくと震えている。オーラの波形も乱れまくりだ。鎮めたいと思ってもできないらしい。

「ちくしょう……皇の狂戦士全員を相手に闘うとしても、ここまで緊張はせんぞ。人生初の窮地に陥った……っ！」

「いや、いやいやいや、落ち着いて。心配しすぎだから。うちのお父様となら、すぐに打ち解けられるに決まってるから」

「おおお、俺が父親だったら、娘が連れてくるのがどんな男だろうが許しがたい！　とにかく一発殴らせろと思うに違いないっ！　父親としてごく自然なことだ!!」

「自然かなあ？」

真剣な表情を見せているジェサミンには悪いが、ロレインは首をひねらざるを得なかった。

(許可なんか取らなくても、万事が自分の思い通りになってきた人だし。とてつもなく緊張するのは仕方がないのかも)

ロレインはジェサミンに抱きついて「大好き」と耳元で囁いた。

「こんなに人を好きになったのは、生まれて初めてなの。私の幸せそうな姿を見れば、お父様はすぐにジェサミンを受け入れるわ。ごく自然なことよ」

「お、おう」

ロレインのぬくもりと慰めの言葉で、ジェサミンの緊張が少しほぐれたようだ。

馬車を引く馬の速度が落ちたのを感じる。窓の外を見ると、コンプトン公爵家の屋敷の門が見えた。

馬車が前庭に乗り入れると、玄関前に立っている小さな集団が目に入る。

「お父様！」

ロレインは思わず叫んでいた。懐かしい使用人たちに囲まれて、父であるウェスリーがにっこり微笑んでいる。

人々が見守る前で、馬車はゆっくりと停《と》まった。従僕が恭しく扉を開く。先にジェサミンが降り立ち、ロレインに向かって手を差し伸べた。

馬車から降りてくるロレインを、ウェスリーが目を細めてじっと見ていた。

「お父様……！」

本当は、先に父の歓迎の言葉を聞くべきだった。ジェサミンに挨拶をさせてあげるべきだった。しかし頭がぐちゃぐちゃになってしまって、ロレインは気がついたらウェスリーに駆け寄っていた。

「ロレイン！」

ウェスリーもロレインに向かって両手を伸ばしてくる。そしてロレインを力いっぱい抱きしめてくれた。

「ただいま戻りました……」

ロレインは泣きながら言った。

「おかえり。ひとりでよく頑張った。どれだけ褒めても褒め足りない……っ!!」

「ひとりではなかったわ。ずっとジェサミンが側にいてくれたから。お父様、私は幸せよ」

にっこり笑うと、ウェスリーが指先で涙を拭ってくれた。

「そうだな。いまのお前には陛下がいて、新たな人生を歩んでいる。すべてが普通ではない出会いだったが、誰よりも幸せそうだ」

ロレインの頭を愛おしげに撫で、ウェスリーはジェサミンに目を向けた。

「皇帝陛下、よくおいでくださいました。我が娘を救っていただき、まことに感謝にたえません」

「コンプトン公爵。私的な場では、ジェサミンと呼んでくれると嬉しいのだが」

ウェスリーが驚いた表情になる。ジェサミンはきまり悪そうに頭を掻いた。

「俺は皇帝としてではなく、娘婿としてここに来たのだ。義理の息子相手に『陛下』では堅すぎるだろう。家族なのだし、臆することなく振る舞ってほしい」

ジェサミンの誠実な言葉に、ロレインは感動を新たにした。

ウェスリーは「ほう」とつぶやくと、愛情のこもったようなまなざしでロレインとジェサミンを交互に見た。それはどこか、面白がっているような表情でもあった。

「それでは、楽にさせていただきましょう」

ウェスリーは承知したという顔でうなずいた。

「ジェサミン。君が嫌でなければ、しばらく話し相手になってもらえるだろうか。聞きたいことがたーっぷりあるんだ」

ウェスリーがにっこり微笑む。言葉に責める響きはまったくなかったが、ジェサミンはなぜか、圧倒されたように後ずさりをした。

「お、お父様！　たとえ義理の息子だとしても、皇帝を相手に――」

ロレインの言葉を、ジェサミンが手を上げて制した。

「どんとこいだぞ公爵。いや、お義父《とう》さん！」

ジェサミンの言葉に、ウェスリーがまたにっこりする。ロレインの目には、父がジェサミンを大層気に入ったように見えた。

それからの日々、ウェスリーはすこぶる上機嫌だった。ジェサミンが娘婿になったことを、心から嬉しく思っていることがわかる。

「どうやら期待を裏切らなかったようだな。さすが俺だ！」

ジェサミンはそう言って、にやりと笑ったものだ。

彼は普段は絶対に泣き言を言わないが、なぜか父に叱りつけられるのではないかと恐れていたのだ。求めていた『結婚相手としてふさわしい』という承認が取れて、こちらも上機嫌だった。

そんな中、ロレインはひとりでじりじりしていた。

父への挨拶が終わったら蜜月を過ごす——そんな期待に胸を膨らませていたのに、何ひとつ想像通りに事が進まなかったからだ。

「マクリーシュを救うために来たんだから、普通の新婚旅行にはならないだろうと思っていたけど……」

思わずつぶやいて、ロレインは慌てて首を振った。

滞在期間はめまぐるしく過ぎ、いよいよ明日はヴァルブランドに帰国する日だ。あまりにも忙しかったので、思い出すだけでめまいがする。

「ジェサミンの隣にいつもお父様がいたから、いちゃいちゃするのも気まずかったし。もうちょっと甘い時間が欲しかったなあ。我儘を言うべきではないってわかってるけど」

ジェサミンは名誉を取り戻してくれただけではなく、マクリーシュの安定のために身を粉にして働いてくれたのだ。その気になれば、いつでも叩き潰すことのできる小国にもかかわらず。

「皇后の故国に手を差し伸べるのは、皇帝として当然の義務だ」

ジェサミンはマクリーシュの傍系王族や貴族を前に、威厳のこもった声でそう言った。彼自身が君主になることも、大きな見返りを要求することもないと明言したのだ。

疲弊したマクリーシュに颯爽《さっそう》と登場した救世主を見て、人々は個人的ないさかいをしている場合ではないと襟を正した。

注目が集まったのは、ジェサミンが新たに選ぶ王位継承者だ。

「俺は本当は『お義父さん』に国王になってもらいたいのだ。公爵というのは、元をたどれば王家から出ている。わざわざ候補者の一覧を見るまでもない」

「私の子はロレインしかおらず、年齢を考えても次の子をもうけることはできないでしょう。そもそも再婚するつもりがありませんしね。私が国王になっても、安定的な王位継承は望めません」

ジェサミンの言葉に、ウェスリーは穏やかにそう答えた。表舞台には立たないという断固とした決意が感じられ、父を高く評価していたジェサミンは残念がったものだ。

そして先々代の国王の孫にあたる一五歳の公爵令息が、新たな王位継承者として選ばれた。

彼はエライアスのはとこだが、若いながらも国を統率していく能力が備わっている。柔軟性のある性格で、状況を素早く見極めて行動でき、リーダーシップ能力も高いことが評価されたのだ。

「人柄を見込んで決めたとはいえ、新たな王はまだ年若い。マクリーシュに繁栄と平穏をもたらす君主になるには時間がかかるだろう。臨時の措置として、ヴァルブランドから顧問官を派遣する」

そう言ってジェサミンは、皇の狂戦士ケルグを顧問官に任命した。

新国王の教育が終わるまではジェサミンがヴァルブランドで指揮を執り、ケルグがマクリーシュで活動することになる。

ロレインの父は新国王の教育係となった。任命されたとき、ウェスリーは「万事心得ております」と答えた。

新国王をマクリーシュを治めるのにふさわしい人物に育て、動乱期を乗り切ることこそが、ジェサミンに感謝を示す唯一の方法だと知っているのだ。

ロレインは滞在期間中、ジェサミンの上級秘書の役割と、王宮の女主人の役割を同時にこなした。

いつの日か自分が王妃になるのだと言われて育ったおかげで、ロレインは王宮の習慣に通じている。王妃と王太子妃を同時に失い、取り乱す使用人たちを落ち着かせることは造作もなかった。

新国王の婚約者は一五歳の公爵令嬢で、とても聡明で真面目な子だ。二人は幼馴染《なじみ》で、互いの欠点を知り尽くしていて――幸いなことに相思相愛であるらしい。彼女なら国王の妻として、あらゆる義務を果たすことができるだろう。

とはいえ一五歳の少女に、すぐに王宮の女主人の務めが呑み込めるはずもなく。ロレインは彼女に、王宮内で物事がどう執り行われているかを教え、後で見返すことができるように山のような資料を作った。

何百人もの使用人がいる王宮の、指揮命令系統のトップに近い各部署の責任者と、かつての講師の中でも特に信頼できる人に協力してもらい、新しい女主人を教育する体制も作った。

それでも困ったことがあれば、顧問官ケルグを通じてヴァルブランドまで連絡が来ることになっている。

「マクリーシュを騒がせた大騒動は収束したけど……大変な日々だったなあ」

ロレインは自分の執務室の椅子に座り、しみじみとした気持ちに浸った。

ジェサミンの仕事が滞りなく進むよう、そして新しい女主人が困らないよう気を配る日々は、本当に忙しすぎた。

「私の仕事は終わったけど、ジェサミンはまだ忙しそうだし。いい思い出になるような夜は過ごせなさそう」

ロレインは小さくため息をついた。ジェサミンは夜になっても、慌ただしい執務から逃れられずにいる。

彼は最後の最後まで、様々な経済援助の取りまとめ、顧問官ケルグとの行動計画の打ち合わせ、新国王への君主としてふさわしい振る舞いの講釈などに、全神経を集中してくれているのだ。

「ヴァルブランドに帰ったらずっと一緒にいるのだから、さみしいと思う必要はないよね！」

ロレインが無理やり自分に言い聞かせたとき、執務室の扉がいきなり大きく開いた。

「ロレイン!!」

「ジェサミン! お仕事が終わったの!?」

ロレインはジェサミンの腕の中に飛び込んだ。

「いいや、まだだ」

ジェサミンが盛大に顔をしかめる。

「努力が足りないわけでは断じてないが、難しい仕事ばかりで気苦労が多い。いますぐにお前を抱きしめないと、頭がどうにかなってしまいそうだったんだ」

「ジェサミン……」

ロレインは心臓の鼓動が早くなるのを感じた。

「マクリーシュに来てから、俺の仕事が終わるのはまともな時間帯ではなかった。夜中の一時にお前の部屋に行くわけにもいかんし。お前に触れたくて指先がうずうずして、休憩中にちょっとだけ甘い胸のときめきを感じようとしたら、タイミングよくお義父さんが現れるし。あれはひどく堪《こた》えた……」

「そ、そうね。お父様の前で、私たちが望むような親密な触れ合いは、さすがにできなかったものね」

ロレインは顔が赤くなるのを感じた。

たしかに休憩中に抱き合っていると、ウェスリーが必ず急ぎの仕事を持ってきたのだ。そのたびに慌てて身を引いて、ジェサミンとの接触を断ち切った。

マクリーシュのために最高水準の仕事をすると誓ったのだから、仕方ないことはわかっていたけれど。やっぱりちょっと悔しかった。

「二人きりになれる時間はほぼなかったが。しかし、今夜こそは一緒に過ごすぞ。マクリーシュでの使命はもうすぐ達成する。お前の部屋に行く手はずを整えるから、準備をして待っていろ！」

衝撃的なほど素晴らしい宣言に、ロレインの胸は高鳴った。

「いいな?」

念押しするように囁かれ、ロレインはジェサミンの胸から顔を上げてにっこり笑った。

彼のオーラがかつてないほど鮮やかに——夜空に輝く花火のように明るく燃え上がる。

「あと少しで、お互いのことをもっとよく知ることができるぞ！」

ジェサミンが叫び、ロレインの腰を大きな手で摑んで持ち上げる。体を空中でくるくる回され、ロレインは弾けるような笑い声を上げた。

二人の結婚はもうすぐ完璧なものになり、良いことも悪いことも、すべて分かち合えるようになる。死が二人を分かつまで、ずっとジェサミンの皇后として生きていける。

ロレインはいま、心からの幸せを嚙み締めていた。

エピローグ　かつての傷心令嬢、唯一無二となる

「ロレイン様、惚れ惚れするほどお美しいです……っ！」

「本当に、清楚《せいそ》な妖精のよう！」

「陛下もうっとり見とれてしまうに違いありません!!」

女官長のベラと、マイとリンが額の汗をぬぐいながら言った。

ヴァルブランドから同行してきた彼女たちは、ジェサミンとの初夜を間近に控えたロレインの身支度を完璧に整えてくれた。

派手すぎず地味すぎず、胸の下のところでリボンを使って結ぶナイトドレスが可愛らしい。髪には丁寧にブラシをかけてもらった。マッサージを施された肌はつやつやだ。

女主人の一大事に精いっぱいの仕事をしないのは愚かなこと、と殺気立った仕事ぶりを見せてくれた彼女たちには、本当に感謝しかない。

（準備は万端だわ！）

女官たちに心からのお礼を言って、控えの間に下がってもらった。ロレインは椅子に腰を下ろすと、ドキドキしながら扉に目をやった。

やがて扉を叩く音が聞こえて、ロレインは弾かれたように立ち上がった。

(ついにジェサミンが来た……っ!)

いそいそと扉を開けて、ロレインは戸口に立っている人物をぽかんと見つめた。

「いやあ、お前がマクリーシュにいるのも今夜が最後だと思うと、寂しくてね。一緒に酒でも飲もうかと」

ウェスリーがワインのボトルを抱えて、のんびりと楽しげに笑っている。

「お邪魔していいかな?」

「も、もちろんどうぞ」

もちろんどうぞ——なわけがないのだが、ロレインは反射的に後ろに下がってウェスリーを招き入れてしまった。

(この日が来るまでにずいぶん苦労したんだから、ある程度のところで帰ってもらおう……)

心から愛してくれる父の訪れを迷惑がっているなんて、悟られるわけにはいかない。ウェスリーが笑いながら差し出してくるグラスを、ロレインは穏やかな表情で受け取った。

「ジェサミンには感謝しかない。お前とマクリーシュを、どん底から救い出してくれた」

ウェスリーがグラスを掲げる。ロレインも笑みを浮かべてグラスを掲げた。

マクリーシュに来てから、ジェサミンとウェスリーは毎晩のように酒を飲んで語り合っていた。ロレインもたまに交じったが、お酒に弱い上に激務のつけも回って最初に脱落していたから、ウェスリーと二人っきりで過ごせた時間はそう多くはない。

「お前もよく辛抱してくれたな。ジェサミンと蜜月を過ごすつもりで来たんだろうに」

ウェスリーの言葉に、ちょうどワインを飲んでいたロレインは盛大にむせて咳き込んだ。

「え……お、お父様……？」

「私だって、自由にいちゃいちゃさせてやりたかったんだが。父親の心情というものは複雑で厄介なものだな。まだまだ、子どものままでいてほしい気持ちもある」

しみじみとした口ぶりで言われて、ロレインはかつてない恥ずかしさを感じた。

「お前のいない日々は寂しすぎたよ。元気でやっているか、心配でよく眠れなかった。休憩中くらいは二人っきりにしてやってもよかったが……ジェサミンという男を、両目を大きく見開いて見たくてね」

ウェスリーは静かに言い、ワインを口に運んだ。

「彼には圧倒されるな。何から何まで才能に溢れている。できないことなど何もないだろう。一見すると尊大で傲慢、計算高く非情で、徹底した合理主義者のようだが……他人の心の痛みがわかる男だ。部下がみな彼を信頼し、命を預けていることもうなずける」

ロレインは嬉しくなった。ウェスリーはジェサミンを見たままに受け取るのではなく、ちゃんと心の奥を見てくれている。

「しかし、ああいう男は大変だぞ。どんなことにも手抜きや妥協をしない。当然、お前にも同じことを期待するだろう」

「私にとってそれは大いなる喜びなの。だからベストを尽くすわ」

「確かにお前なら大丈夫だろう。だがロレイン……いずれは後宮の女主人として、彼を他の女性と共有しなければならないことを、決して忘れてはいけないよ」

ウェスリーが悲しげに目を細める。ロレインは胃がきゅっと痛むのを感じた。

「彼には強烈なオーラがあるから、お前と同じ愛を得られる女性はいないかもしれない。だが、後宮というのは政治の駆け引きの延長線上にある場所だ。誰にも引けを取らない富と権力を持ち合わせるジェサミンの後宮に、ずっとお前ひとりということはあり得ないだろう」

「もちろん、ちゃんとわかってる。私さえいれば、あとはお飾りの妃でも構わないわけだから……」

ロレインはきつく目を閉じて深呼吸をした。

ジェサミンがロレインのことを心から愛し、何よりも大事にしていることは、すでにヴァルブランド中の人々が知っている。

しかし皇后の役割のひとつが『後宮を仕切る』ことであるのは、まぎれもない事実。たとえ他の妃が入ってきても、ロレイン個人の希望や感情は二の次にしなければならない。

「皇后としての恩恵をほしいままにしながら、責任を果たさないなどという恥知らずな真似はしません。政治上の最善の道として新たな妃が入ってきたら、喜んで受け入れるわ」

そう答えながらも、グラスを握り締める指に力がこもった。それでもロレインはウェスリーに微笑してみせた。心配しなくてもいいという気持ちを込めて。本当は、想像するだけでも耐えがたかったけれど。

「そうか。辛くなったり、気持ちを吐き出したくなったら、いつでもマクリーシュに――」

「おいおい！　ここは『ジェサミンを誰とも共有したくない』と駄々をこねるべきところだろうっ！」

いきなりジェサミンの声が聞こえて、ロレインは驚きのあまりグラスを取り落としそうになった。凄みのある顔つきでジェサミンが戸口に立っている。

「俺はロレイン以外の誰とも結婚するつもりはないぞ。他の女たちは、愛のない不毛な結婚生活しか送れんしな。お前さえそばにいてくれるなら、後宮など失っても惜しくはない」

ジェサミンが近づいてくるのが見えていたが、混乱した頭が正常に戻るまでしばらくかかった。

「ロレイン。お前はまだ、本当の意味で俺の愛の重さを知っているとは言い難いな。ずっと待って、待ち続けて、やっと出会えた女を悲しませるようなことを、俺がすると思うのか？」

ジェサミンはふんと鼻息を漏らし、両手を腰に当てた。

「長老たちとの交渉が困難を極めているから、まだ言っていなかったが。俺自身は、後宮は廃止するのが望ましいと思っている！」

ロレインとウェスリーはほとんど同時に「後宮廃止」と復唱した。言葉としてはわかるが、理解が追いつかない。

「俺に言わせれば、後宮は無駄が多すぎる。かつては戦争未亡人や遺児を保護する機能があったが、すでに役割を終えた。この俺がオーラを盾に、女の社会進出を進めてきたからな。後宮を廃止するのに、俺ほどうってつけの皇帝はいない！」

ジェサミンが全身にオーラをみなぎらせて言う。ロレインは大きく目を見張った。ウェスリーはあんぐりと口を開けっ放しだ。

「いつかの朝『とある案件で、長老どもが説明を求めに来た』って言ってたのは……」

ロレインは必死で記憶を手繰った。あれはたしか、三つ子と初めて会った日の朝だった。

「おう。後宮廃止に向けて動き出したら、早速文句をつけに来たんだ」

ジェサミンが顔をしかめて頭を掻く。

「長老の中には、俺がなんと言おうと耳を貸さないのもいてな。やはり伝統は重く、簡単に廃止できるものではない。それでも俺は、どんな厚い壁にも立ち向かう」

「ジェサミン……」

「時間はかかるだろうが、俺を信じて待っていろ」

ロレインはうなずいた。これほど喜ばしい言葉はないと思った。夫となった人が誠実で高潔で情熱的であることに感動し、熱い涙が目尻からこぼれ落ちる。

「お前は後宮ではなく、ずっと宮殿にいるんだ。その方が俺は仕事がやりやすい。いつも側にいて支えてほしいからな」

「え……じゃあ、後宮の改装は……？」

「嘘も方便というやつだ！　お前の世界の中心は俺なのだから、後宮に部屋など必要なかろうっ！」

ジェサミンが声を上げて笑う。ロレインも笑わずにはいられなかった。

「さて、お義父さん。俺たちは明日ヴァルブランドに戻る。今夜ばかりは、特別な配慮が欲しいのだが」

「私に邪魔されずに、ロレインと過ごしたいということですな」

ウェスリーがにっこり笑う。

ジェサミンが「そうだ」とうなずいた。彼のたくましい腕がロレインの体に回される。

次の瞬間、ジェサミンはロレインの体を軽々と抱え上げた。

「お義父さん、皇后を国民にお披露目する祝賀行事には絶対に来てくれよ。三日三晩歌い踊る、盛大な祭りだからな」

「はい。それでは邪魔者は退散いたしましょう。私は屋敷に戻りますので、ロレインのことをよろしくお願いいたします」

愛情と安堵の念が溢れる顔をして、ウェスリーは一礼した。そして、そっと部屋を出ていく。

「さあ、今夜こそお前を、本当の意味で俺の妻とするぞ。生涯ただひとりの妻にな」

ジェサミンの全身からまばゆいオーラが放射される。その温かさが、真っすぐにロレインの心に達した。

「ジェサミン……私も、あなた一筋に尽くすと誓うわ」

当然だ、とジェサミンがにやりと笑う。

「おっと。そういえば、しらふのときにまた言うと約束したことがあったな」

「それって……」

ジェサミンの腕の中で、ロレインは目をぱちくりとさせた。

少し前に、眠っているジェサミンの意識の中に響きますようにと願いながら口にした言葉が、ちゃんと届いていたのだろうか?

「少しいまさら感はあるが、まあいいだろう。ロレイン、俺はお前に――」

ジェサミンの金色の瞳が、いっそう輝きを増した。燃えるような光を宿してロレインを見つめてくる。

「惚れた。全力でお前を愛していいか?」

彼の声が体中に染み渡る。もちろん答えはひとつしか考えられなかった。涙を止めることはできないけれど、ロレインは満面の笑みで答えた。

「もちろん！」

「お前を愛することはない」が口癖の皇帝陛下が、
傷心令嬢に言いました「惚れた。全力でお前を愛していいか？」／完

書き下ろしストーリー

最高のデート

ロレインの毎日は、新しい発見の連続だ。一日ごとに、存在さえ知らなかった新しい世界が目の前に開ける。

エライアスの飽くことのない嫌味に耐えながら、ひたすら勉学に励んだマクリーシュでの日々は灰色だった。ヴァルブランドでの生活は鮮やかな色に彩られていて、順調で愉快だ。皇后の仕事はちょっぴりハードではあるけれど。

その日もロレインは、ジェサミンと寝酒を一杯やって、午前零時を回ったころ二人一緒にベッドに入った。新婚夫婦のベッドは筋骨たくましいジェサミンに合わせて巨大なので、彼のぬくもりがなければぐっすり眠れない。

（……なんだか寒い……）

肌寒さが、ロレインを心地よいまどろみから目覚めさせる。ぼんやりと開いた瞳に、床に座り込んで何かを食い入るように見つめているジェサミンの姿が映って、ロレインは眉をひそめた。

「うーむ。やはり典型的なデートにすべきだな」

ジェサミンがもごもごとつぶやく。ロレインはぼうっとしたまま耳を澄ました。

「ごく当たり前の、どうあっても失敗しないプランがいい。となると朝食と昼食を兼ねた食事をしてから流行のスポットを巡り、軽くお茶を飲んで芝居小屋に行って、最後にディナーか」

ジェサミンはベッドサイドランプの淡い光を頼りに、分厚い紙束に顔を突っ込んでいる。報告書かなにかだろうか。ロレインは表紙に書いてある文字を読もうと目を凝らした。

（若い女性を喜ばせるデートスポット百選？　私、幻覚を見ているのかしら。たしかにお酒を飲んだけれど、幻覚を見るほどの量は飲まなかったはず……）

そんなことを思う間も、ジェサミンは低い声でなにかをつぶやいている。

「芝居小屋で見るのはどれにしようか。俺はアクションものしか見たことはないが……ロレインが楽しくなければ俺も芝居を楽しめない。お、こっちの最新の演目はおとぎ話か。なになに、不幸な運命に翻弄されるヒロインの前に素敵な王子様が現れて、彼女を幸福にする話だと？　まるで俺たちのようではないか。ようし、これで決まりだ！」

ロレインは脈が速くなるのを感じた。ようやく理解できた。ジェサミンはロレインのためにデートプランを考えているのだ！

「食事は新しく開店した、音楽の楽しめるレストランだ。俺は常に時代を先取りする男でなければならんからな」

本から顔を上げたジェサミンは目を閉じて、うっとりとした顔つきになっている。少し頬が赤く見えるのは、酔いしれているせいだろう。さっき飲んだお酒と、自分が立てたデートプランの両方に。

(か、可愛い……っ‼)

ジェサミンのあまりの可愛らしさにきゅんきゅんしてしまい、寝たふりを続けるのに苦労した。

「ふはははは。これで処女航海に乗り出す準備は完璧だ。世慣れた男らしく、ロレインにめくるめく喜びを味わわせてやろうではないか」

ジェサミンは恥ずかしがって隠そうとするけれど、恋愛に関しては右も左もわからないことをロレインは知っていた。あまりにも圧倒的なオーラを持ち、いかにも自信たっぷりな態度で、どんなことだって見事にこなしてしまう人だけれど。

「このデートプランは、うぬぼれじゃなくかなりいい線をいっている。俺はできる、俺はできる、ロレインを必ず喜ばせることができる!」

そう言ってこぶしを握り締めるジェサミンは、まるで少年のようだ。ロレインの心臓が早鐘を打つ。ときめきすぎて胸が苦しい。

「よし、寝るか。デートの時間を捻り出すために、仕事を詰め込みすぎてさすがに疲れた。愛する女を腕に抱いて眠る、なんと贅沢なことだろう」

ジェサミンがベッドに入ってくる。ロレインをぎゅうっと抱きしめて、彼はささやいた。

「ロレイン、俺はお前の笑顔が見たいのだ……」

心臓がどきどきしていたが、酔いと疲れと眠気に襲われているジェサミンは気づかない。ほどなくして、ゆっくりとした規則正しい寝息が聞こえてきた。

普段のジェサミンには、すべてをたちどころに見抜いてしまう鋭さがある。そんな彼が無防備な寝息を吐いているのだからたまらない。寝顔にはロレイン以外の誰にも見せない愛らしさがあって、身悶えせずにはいられなかった。

（なんて可愛い人。好き。大好き）

ロレインはジェサミンの大きな体にひしとすがり、うっとりと目を閉じた。

「いい朝だぞ、ロレイン。そろそろ起きる時間だ」

ジェサミンの明るい声でロレインは目を覚ました。ベッドの上にはね起きて、目をぱちくりさせた。よく覚えていないが、もの凄くいい夢を見ていた気がする。

「んん……おはようジェサミン……」

「ああ、おはよう」

ジェサミンが寝ぼけているロレインの手を取って立ち上がらせる。そして彼は三つ子を抱っこするときのように、太い腕で軽々とロレインを抱えあげた。

「さて、ロレイン。今日はデートをしよう」

「デート？」

夢だとばかり思っていたので、ロレインは本気できょとんとしてしまった。ジェサミンが得意満面の笑みを浮かべる。

「そうだ、デートだ。すべて俺に任せておけ。百点満点で百点以上のデートにしてやる！」

世慣れた男の顔で、ジェサミンは言った。

「まずは町一番のベーカリーカフェに行くのだ。分厚いベーコンとチーズを挟んだパン、何種類ものパイ、新鮮なフルーツ、それとコーヒー。楽しみにしていろ、お前は絶対に気に入る」

熱っぽく語るジェサミンを見て、ロレインの全身の血がいっせいに騒ぎだす。せっかくのデートだ、全力で楽しまなくては。ジェサミンが一生懸命プランを考えてくれたのだから、なおさらだ！

「あなたって素敵。どんなに嬉しいか、とても言葉では言い表せないわ！」

ロレインが弾んだ声を出すと、ジェサミンは「そうだろうとも」と得意げな表情を浮かべた。

親友たちが用意してくれたアイテムを使い、大急ぎで変装を済ませた。街歩き用のエプロンドレスに大きな黒縁の伊達《だて》眼鏡で、普通の娘に早変わり。正妃のための指輪は、今日ばかりは外すしかない。

ジェサミンはいつものように前髪を下ろし、白いシャツと黒いスラックス、そして履き古したブーツというカジュアルな服装だ。

二人は一時間もしないうちにカフェのテーブルで向かい合い、オーブンから出したばかりの焼きたてほやほやのパイを口に運んだ。

バターをたっぷりと使ったパイ生地はさくさくで、トッピングのバニラアイスとの相性が抜群だ。ロレインは「最高」と感嘆の声を上げた。

ジェサミンが嬉しそうに笑う。可愛すぎて胸が痛い。彼は必死でデートの予習をして、上手くやってみせると己に言い聞かせ、実際その通りにしている。

（ああ、ジェサミンの笑顔が尊すぎる……っ!!）

まばゆいオーラは抑え込まれているのに、途方もない可愛さに生きたまま焼き尽くされそうだ。

カフェを出てから、あちこちの流行スポットを巡った。若い女性に人気の香水店、雑貨屋に宝石店、最先端のアートギャラリー、公園の中心部にある展望台。すべて帝都エバモアで注目を集めているデートスポットらしい。

ロレインをエスコートするジェサミンの顔に、迷いはいっさいない。実に堂々たる態度で、ロレインを満足させることだけを考えている。

はしゃぐロレインを愉快そうに見て、ときおり「楽しいか？」と尋ねてくる。その瞬間だけ不安そうなオーラが見え隠れするものだから、ロレインは胸がきゅんきゅんした。

「楽しいわ！」

そう答えるのに苦労はなかった。心から楽しかったからだ。

展望台から街並みを眺めながらお茶を飲み、ロレインたちは芝居小屋に向かった。

とある大国の尊大な王様が、各国から送り込まれる美姫と会って数分で追い返す。誰も愛せず、長いこと退屈を持て余していた彼の前に、小国出身の平凡な娘が現れる。王様がその娘を見初めたため、周囲の人間が驚き、慌てふためくドタバタ劇だ。

ロレインとジェサミンをモデルにしていることは間違いない。ひとつ違うところがあるとすれば――ジェサミンに見初められた瞬間、誰よりも驚いたのはロレイン自身だったという点だ。

『余はそなたをこよなく愛している。他の女など考えられぬ』

『私も陛下を愛しています。どうか永遠にお側に置いてください』

宮殿や後宮のセットは、本物とは似ても似つかないけれど。とても夢があるおとぎ話で、ものすごく感動的だった。本気で涙を流すロレインを、ジェサミンが嬉しそうに見つめていた。

最後に連れていかれたのは、いま最も予約の取りづらいレストラン。四人の親友も行きたがっていたお店だ。流行りのグルメと、バンドの生演奏を堪能できる。ダンスフロアで踊って楽しむこともできるらしい。

ジェサミンが扉を開けて、中へどうぞとロレインを促す。

「いらっしゃい、ハンサムさんと美人さん!」

店内に足を踏み入れた途端、スタッフから生き生きとした明るい声で出迎えられた。スパイスと肉の焼ける匂いが混じり合い、すっかり空っぽになった胃袋を直撃する。

ちゃんと予約が入っているらしく、ジェサミンがスタッフに偽名を告げると「こちらへどうぞ」とテーブルへ案内された。舞台に近い上席だ。

手渡されたメニューを開いたが、なにがなにやらさっぱりわからない。

「俺のおすすめを食べてみてくれ」

さっと手を挙げてスタッフを呼ぶジェサミンは自信に満ちていた。そして呪文のような料理名をすらすらと口にする。肉の種類と焼き加減、スパイスの組み合わせや量、付け合わせの野菜や主食を細かく選ぶスタイルらしい。ロレインにはまったくわからなかったが、スタッフにはちゃんと通じたようだ。

無意識だと思うが、ジェサミンが誇らしげに胸を張る。可愛すぎて悶絶しそうだ。たいへんよくできました、と花丸をあげたくなった。

バンドの生演奏を聞きながらお喋りを楽しむ。やがて注文した料理が運ばれてきた。

「すごく美味しいっ!!」

骨付きチキンにかぶりついて、ロレインは目を見開いた。かなりスパイスがきいているが食べやすく、抜群に美味しい。

「マクリーシュ出身のお前でも食べやすいだろう。気に入ったか？」

期待を込めた目で、ジェサミンがロレインを見る。

「すごく!!」

満面の笑みで答え、もう一度肉にかぶりついた。やはり最高に美味しい。

無上の幸せを感じながらじっくりと味わう。バンドの生演奏を聴き、ジェサミンと語り合う。

そしてロレインは、出された料理をすべてたいらげた。

「本当に美味しかったわ。素敵な一日をありがとう」

デートの素晴らしさと、ジェサミンのこちらを思う気持ちに感動して、ロレインは紙ナプキンで目元を押さえた。幸せすぎて涙が出そうだった。

「素敵な一日はまだまだ終わらんぞ。腹ごなしに踊ろうじゃないか」

ロレインはあれよあれよという間に、ジェサミンのたくましい腕でダンスフロアに連れ出された。バンドのメンバーたちが心得たと言わんばかりに、踊りたくなるような曲を演奏し始める。

「腕を俺の首に巻きつけるんだ」

ロレインと向き合い、ジェサミンがにやりと笑う。自信満々の笑みにくらくらしてしまう。

ロレインは言われたとおりにした。ジェサミンの熱い体温に包まれて、うっとりしながら体を揺らす。気がついたらダンスフロアは、大勢の人でごった返していた。若いカップルがつられて踊り出したらしい。

楽しく踊っていると、ジェサミンの顔にどんどん赤みが差していくのに気がついた。運動能力が優れている彼が、この程度のダンスで息切れするはずがないのだが。

曲が終わった瞬間、ジェサミンは大きく息を吸い込み、そしてゆっくり吐き出した。

「ロレイン」

名前を呼ぶ声は真剣そのものだった。ロレインは「なあに？」と彼の決意を秘めたような顔を見た。

「愛している!!」

周りの人々がさっと振り返るほどの大声で言い、ジェサミンは床に片膝をついた。ダンスフロアの和やかでくつろいだ雰囲気が一変する。

「俺はずっと愛に憧れ、愛を求めていたが……愛は抱こうとして抱けるものではない。俺を惚れさせることができた女は、ひとりしかいない。お前だ。この愛は不変で絶対的なもの。俺はずっとお前を愛し続ける。だからどうか、俺と結婚してほしい」

「いま……結婚してほしいって言ったの……？」

信じられない気持ちでロレインは息を呑んだ。二人はもう、分かちがたく結びついている。でもそういえば――きちんとしたプロポーズは受けていない。後宮で会った次の瞬間、今日見た芝居のようにドタバタ劇が始まった。そして、知らないうちにロレインは皇后になっていた。

ジェサミンはスラックスのポケットから小さな箱を取り出した。ロレインの心臓がどくんと波打つ。

ジェサミンが箱を開けると、小さな宝石を二つ組み合わせた指輪が現れた。ロレインは頭のてっぺんから足のつま先まで震えが走るのを感じた。その指輪は、今日立ち寄った宝石店で心惹かれたものだった。

「これ……」

「ずっと見ていただろう。お前が気に入ったのなら、安物でも素晴らしい指輪だと思ってな」

ロレインは喜びに身を震わせながら、ひざまずくジェサミンに左手を差し出した。手が震えているだろうと思ったが、ロレインの手を取るジェサミンの手も震えていた。

「俺は全身全霊をかけてお前を愛する。なにがあろうとも、この手で守り抜く」

女の子として夢見てきたプロポーズ。ジェサミンに愛されて幸せになれたけれど、決して自分には訪れることがないのだと諦めていた場面。

「俺の大切な、愛しいロレイン。必ずお前を幸せにしてみせる。だから俺と結婚してくれるな？」

「はい……はい。私はあなたと結婚します」

ジェサミンがうなずいて、ロレインの左手の薬指にそっと指輪をはめる。なんて甘美な瞬間だろう。

周囲の人々が歓声を上げた。温かい拍手が送られる。

「私、知らなかったわ。プロポーズがこんなに素晴らしいものだなんて」

ロレインは涙が湧き上がってくるのを感じた。ジェサミンが立ち上がり、しゃくりあげるロレインを抱き寄せる。

「お前がまだ経験していないことがあるなら、絶対に楽しませてやりたかったのだ。なにしろお前は、俺が人生で初めて愛した宝物だからな。俺は愛する女と結婚できた、世界一幸せな男だ！」

ジェサミンが太陽のような笑みを浮かべる。ロレインの胸は、狂おしいまでに強烈な愛情で溢れかえった。

「愛してる。愛を知って私は強くなったけれど、プロポーズのおかげでもっと強くなれたわ。こんな幸せ、見つけることは絶対にかなわないと思っていた。私の手には届かないところにあると思っていた。あなたの強さも誠実さも、思いやり溢れる心も全部好き。大好き……っ!!」

ジェサミンが「そんなに好きか」と照れくさそうに笑う。そして彼は強く、強くロレインを抱きしめた。

「もう言葉などいらないな!」

力強い声でジェサミンが言い、ロレインの唇を奪う。心も体も、魂もすべて溶け合い、ひとつになるのを感じた。

バンドが愛の曲を演奏し始める。二人の気持ちに合わせるかのように。ロレインとジェサミンは顔を見合わせて笑い、またキスをした。永遠に褪せることのない愛が、たしかにここにあった。

MAG Garden NOVELS

「お前を愛することはない」が口癖の皇帝陛下が、傷心令嬢に言いました「惚れた。全力でお前を愛していいか？」

発行日　2023年2月25日 初版発行

著者 参谷しのぶ　イラスト マトリ

発行人 保坂嘉弘

発行所 株式会社マッグガーデン
〒102-8019 東京都千代田区五番町6-2
ホーマットホライゾンビル5F
編集 TEL：03-3515-3872　FAX：03-3262-5557
営業 TEL：03-3515-3871　FAX：03-3262-3436

印刷所 株式会社広済堂ネクスト

担当編集 須田房子（シュガーフォックス）

装　幀 土井敦史＋矢部政人

本書は、「小説家になろう」（https://syosetu.com/）作品に、加筆と修正を入れて書籍化したものです。

ISBN978-4-8000-1294-4 C0093　Printed in Japan

ファンレター・感想等は弊社編集部書籍課「参谷しのぶ先生」係、「マトリ先生」係までお送りください。
本作品はフィクションです。実在の人物・団体・事件等には一切関係ありません。